Les Fées du Hasard

Axelle Lemagny

Les Fées du Hasard
Roman

À l'absent et au présent…

Le Destin est un rendez-vous manqué avec le Hasard

Prologue – Du Sommeil Taciturne de la Lune…

Destinée m'attendait sous le figuier. Un peu impatiente, il va falloir qu'elle m'attende ; encore un peu. Le temps ne comptant que lorsqu'il décompte, quand non contente de l'instant présent, quand celui-ci dure dure indéfiniment, je suis dans l'attente du suivant. Pour ma part et jusqu'à présent, il avait toute son importance ; le temps.

Pauvre Destinée que je faisais patienter.

L'Hiver bien avancé avait habillé mes montagnes de poudre blanche diffusant un air de pureté avec un brin d'électricité ; le ciel argenté à présent bas et nuageux laisse passer des faisceaux de lumière gris bleu. L'odeur piquante de la neige chatouille mes narines et se mélange aux volutes des feux de cheminée qui réchauffent mon cœur de leurs senteurs boisées. De là où je me tiens, je surplombe la vallée m'offrant une vue sur les chalets de bois aux toits recouverts d'un glaçage épais, plantés sur la colline d'en face, au pied des monts bien plus hauts que ne le pensent mes yeux, allant jusqu'à croire que je peux en toucher les aiguilles à leur sommet.

Ici, la nature est seule maîtresse. Être à l'écoute de l'atmosphère et suivre son rythme. Le temps. Cadencée par la course du Soleil, bercée par les caprices du ciel, j'aime m'y soumettre. Le temps. Les heures et le climat. Le temps. La seule notion qui compte. Peu m'importent les euros, les litres et les kilos faits pour rationaliser et nous rassurer, seul le temps compte.

J'avais mis ce temps à contribution pour m'aider à vivre mais, à dire vrai, je l'ai souvent trouvé un peu long et me contente aujourd'hui de maintenant. Je ne sais pas si je suis heureuse ou malheureuse ; hier encore j'étais le somnambule en apesanteur, aujourd'hui j'ai posé pied à Terre et je rêve. Je peux le dire avec conviction, la démarche en a été longue et difficile mais le résultat en est tout à fait satisfaisant. Tout va bien.

Il y a bien longtemps que j'avais accepté que demain ne vienne jamais. J'avais banni l'espoir de mon vocabulaire depuis plusieurs années, déjà. Non par désillusion, n'y voyez pas une quelconque dépression dans la perte de l'expectation, mais parce que l'espoir est l'ami de l'inaction, de l'attente, de la passivité, sans même profiter des joies de l'oisiveté. L'espoir est une chimère vouée à la déception. Comme si nos efforts maintes fois mis à néant, réduits en cendres par des événements successifs et fulgurants après lesquels le possible n'existerait plus, offraient à notre existence une résurrection sans nom, plus glorieuse et majestueuse que l'imagination n'aurait pu l'envisager.

Ma vie, mon Pompéi.

Le temps. Je l'ai apprivoisé ; je l'ai fait mien. J'ai erré à travers ses secondes et ses bourrasques. J'ai fléchi et j'ai vieilli. Quand la peine était trop lourde, je l'ai accéléré ; je l'ai ralenti espérant mieux apprécier. J'ai agi par impulsivité, je l'ai bousculé, je l'ai provoqué ; j'ai vécu dans le passé avec mes regrets, je me suis inventé des rêves pour mieux oublier. J'ai voulu le prendre à rebours, l'effacer, le retenir, l'ignorer, voire le recommencer. Tout ce temps, j'ai cherché et j'ai taillé ma rose des vents en quête d'un sens.

Ma vie, mon Pompéi.

Épicurienne dans l'âme, il n'était pas question que je me morfonde dans mon coin à regretter le peu d'hier et à attendre tout de demain. J'ai choisi de vivre dans le présent, jouissant de chaque instant en m'offrant une joie quotidiennement ; et ne bois que deux choses, de l'eau Château la Pompe et du champagne Château de Boursault. Comme disait Francis Blanche, « je préfère le vin d'ici à l'eau de là » !

Mais, si j'ai délaissé l'espoir, j'ai développé mes rêveries et parfois je vais me coucher pour poursuivre un rêve, jusqu'à ne plus savoir si un souvenir est le songe d'une nuit ou ma vie.

Alors, après avoir tourné en rond, après m'être démenée à vivre tel que l'on s'attendait à me voir vivre, j'ai décidé de retourner chez moi. Le seul « chez moi » qui n'ait jamais existé. On ne peut pas dire que ma sœur, Thaïs, ait approuvé ma décision. Bien qu'ayant apprécié autant que moi notre enfance dans cet environnement privilégié, elle avait néanmoins fait sien le mode urbain ; et considérait ma réclusion comme un recul, quand pour moi la ville avait été mon exil.

Pendant un temps, la frénésie des magasins m'avait arrachée à ma Terre pour me planter les pieds engourdis dans le goudron, courber l'échine la tête étourdie par le béton, et mon cœur devenu hermétique à toute main tendue, lourd comme un boulet de canon. Assailli par la cité, mon corps se plaignait ; dos raide, picotement aux yeux, cheveux crasseux ; chaque matin, je toussais et expectorais la glaire coincée au fond de mon gosier, parfum âcre du monde urbain. À oublier quels légumes mettre dans mon assiette, tout en arrachant les fleurs à la Terre pour les planter dans un vase en glaise. La civilisation. Je flânais indifférente à mon voisin, à m'en exclure totalement, des écouteurs vissés à mes oreilles ; ne manquaient que les œillères pour ne plus voir sa misère. La civilisation. Je marchais sur le macadam strié de traits d'urine ruisselante du mur jusqu'au bord du trottoir souillé, boursoufflé de chewing-gum incrusté depuis l'Antiquité, tacheté de crachats flasques, petites flaques de bulles blanchâtres écœurantes ; slalomant à travers les déjections canines, on l'espère, qu'un pied malchanceux, quoi qu'on en dise, avait étalé sur plusieurs mètres traçant l'empreinte du dernier passant. Le parcours du combattant, version citadine, obligeant chacun à regarder ses pieds plutôt que de lever les yeux aux cieux, témoin placide du spectacle effarant de l'homme

13

évolué, enfant de l'asphalte.

Mais où est donc passé le Paris d'Édith ?
Tes trottoirs sont des urinoirs
Ta senteur est la puanteur, du sol au plafond, du gris au noir
Ta magnificence est un mythe.

Mais où est donc passé le Paris d'Édith ?
Où sont tes Palais, tes trésors, ta cité interdite ?
Ta musique, ta joie, ta bienveillance et tes saluts ?
Chacun dans son coin déambule à travers tes rues.

Prendre le métro comme on va à la messe
Le mendiant vous harcèle et tend la main pour quelques sesterces
La politesse et la gentillesse sont des chimères
Qui te changent Paris en une vieille fille amère.

De la grande Dame de Fer au petit d'Homme de Pierre
Leurs conversations par-dessus la Seine sont des prières
Spectateurs immobiles et impuissants de ta décadence
Se remémorent et pleurent les soirs de rire et de danse.

Ne voyez-vous pas que Paris est fini ?
Elle ne va plus au bal, entendez l'agonie
Pauvre fille perdue, oubliée, noyée dans sa misère
Qu'a fait ta mère, où est ton père ?

Paris, qu'as-tu fait de Paname ?
Quand as-tu perdu ton âme ?

À mon grand dam, j'avais moi aussi cédé à l'indifférence

généralisée et me surprenais à rouspéter après un pépé ! Qu'avait-il à me lorgner de derrière son monocle, le sourcil accusateur, le menton réprobateur et le mépris évocateur ? Oui, j'étais assise et lui debout, mais qu'en savait-il de mon confort dans mon corps ? Croyait-il vraiment avoir le monopole de la souffrance ? J'ai fait face avec aplomb à ses petits yeux de vieux tout ridé qui me jugeaient, décidée à ne pas bouger d'un iota et refusai de me justifier. De toute façon, mon corps ne me le permettait guère, mais jamais ne le lui montrai. Et nous nous quittâmes dans le silence d'une guerre froide à coups de regards noirs et de sourcils en accent circonflexe ; lui convaincu d'avoir eu affaire à l'insolence de la jeunesse irrespectueuse, moi vaincue par l'indolence d'un monde fiévreux.

À ne pas voir les arbres plier sous le vent ni la course du Soleil du levant au couchant, j'en avais oublié les essentiels ; jusqu'à me surprendre de l'existence du temps et de ses frasques. Quel insolent ! Trop, c'était trop ! Le soir même, je décidais de me mettre au vert.

Sur le guéridon, l'enveloppe arrivée quelques jours plus tôt me nargue. Une enveloppe à fenêtre transparente, une ouverture attendue, instigatrice des soubresauts de mon cardio. Cette fenêtre froide et austère, détenant déjà mon nom et mon adresse, ne laisse aucun doute sur une possible erreur de destinataire. Je l'ai attendue avec frénésie pendant de longs jours et de longues nuits. À trépigner dès les premières secondes, les plus longues de ma vie, elle m'a fait patienter. Puis, il a bien fallu s'occuper pour ne pas l'attendre trop longtemps. Et enfin, elle est là. Chez moi, sur mon guéridon. Et elle prend la poussière. Sa simple présence est une assurance. Une réponse à mes questions. La fin du doute. La fin des possibilités aussi, puisqu'il n'y a qu'une seule réalité. La sienne. Ne pas l'ouvrir permet de tergiverser, encore un peu ; retarder le décachetage pour conjurer le présage. Elle renferme toute la vérité qui forme l'après. Elle porte en elle la sentence de la certitude. L'enveloppe scellée recèle la vérité la plus absolue, l'indéniable et implacable vérité ; une fois décachetée, mon sort à son tour sera scellé.

Installée dans mon fauteuil, ma belle et douce Destinée vautrée sur mes pieds, ma main bat la mesure au ronron de la radio sans même que je ne l'entende. Et soudain, la voix de Barbara demande au vent « Dis, quand reviendras-tu ? » que je reconnais dès les premières mesures tant je l'ai écoutée. « Dis, quand reviendras-tu ? » Ah ça ! On aimerait bien le savoir ! Tout d'abord la colère, presque de la hargne s'empare de moi quand tant de tristesse naît de sa détresse. Et très vite, elle m'atteint.

La voix cristalline de Barbara aux voyelles infinies, alanguies comme les cailloux charriés par le fleuve au fond de son lit, me donne le frisson et me plonge dans un tourbillon ; mon souvenir enfoui fait irruption. Le souvenir d'une nuit et d'une promesse ; le souvenir d'une passion qui blesse. Tant de temps à croire ! Encore et toujours. Oui, je crois. Et pourtant, montent en moi un vertige et une ivresse au son de la question car si je refuse l'espoir, mon cœur est aux abords de la désespérance !

Malheureusement, il n'y a pas d'enveloppe à fenêtre transparente pour répondre à cette question. Seul ce fichu temps vous apporte les réponses aux questions qui importent. Et dans mes jours d'entrain, j'enchaîne avec le grand Ferré et son temps qui passe ! Voilà ! Comme ça, on a cloué le bec aux optimistes pour qui il importe peu de savoir, sidérés par tant de temps perdu en questions stériles, et ravi les pessimistes qui confondent et ne comprennent pas que s'apitoyer est une insulte et se complaire un dictame. J'aime traiter mon état d'âme jusqu'à son tréfonds, décortiquer et faire le tour de mes bas-fonds. Si vous saviez, Barbara et Léo, comme je vous dois mes bas et mes hauts !

Depuis, j'ai bien connu d'autres joies, d'autres rires et

d'autres plaisirs, mais pas de bonheur comme de ceux qui restent. Comme celui-là. Celui qui me fit sentir vivante. Celui que j'attendais sans le savoir. Celui qui donne un sens à tous les autres. Celui qui reste.

Alors, depuis cet aparté, j'ai repris ma douce somnolence.

Cette année-là, c'était l'année dernière, il y a tout juste un an. L'Hiver avait été particulièrement rigoureux. Je revenais du village précipitamment, chassée par la neige, et je le trouvai sous mon figuier ; cet homme. Si dans de telles circonstances j'avais dû m'inquiéter ou m'insurger de voir cet inconnu sur ma propriété, j'ai néanmoins ressenti immédiatement un sentiment familier. Une évidence et une certitude. Nous allions nous rencontrer. C'était inévitable.

Alors que je m'approchais, il me tournait le dos et observait le paysage. Je sentais qu'il l'appréciait. C'est fou tout ce que l'on peut savoir sans voir. S'il faut croire pour savoir, il n'est pas nécessaire de voir pour savoir. J'ai même eu des scrupules à l'interrompre. Bien droite, les épaules carrées, la tête légèrement inclinée du contemplatif, sa silhouette inspirait la quiétude. La neige tombait en bourrasques et le recouvrait sans provoquer le moindre mouvement de repli de son corps. Il devait néanmoins être frigorifié, c'est certain, mais il faisait face et absorbait chaque élément pour se fondre dans l'espace. Et, comme on perçoit sans le voir que quelqu'un vous observe, il se retourna vers moi.

— Bonsoir !

Son visage se camouflait derrière un bonnet et une écharpe, mais la bienveillance irradiait ses yeux et son sourire élargi sous ses pommettes saillantes et rougies inspirait la bonhomie. Je suis plutôt peureuse et méfiante, voire irascible, mais jamais je ne sus pourquoi en cet instant j'avais fait confiance. Immédiatement. En temps normal, j'aurais pris le premier gourdin à portée de main et l'aurais chassé à grands coups de cris et d'injures. Même mon bonsoir me surprit. C'était un bonsoir que l'on adresse à un ami de longue date, un ami revenu après des années d'absence. Un salut de bienvenue. Moi ? Souhaiter bienvenue à un inconnu ! On aura tout vu !

Il ne répondit pas tout de suite. Il m'observait et je ne saurais dire ce à quoi il pensait. Étrangement, il paraissait amusé.

— Bonsoir ! Excusez-moi de vous déranger mais je me suis fait surprendre par la tempête et je crois bien m'être égaré. Cela dit, je ne regrette pas…

— Oh, on ne se perd jamais vraiment sur cette Terre. On ne se perd que dans sa tête.

Allez savoir pourquoi je lui ai répondu cela. Néanmoins, cela l'a fait sourire ce qui ne fit que m'encourager dans mes inepties.

— C'est comme le désert. Vous savez, ça n'existe pas le désert. Il y a du monde dans le désert. Mais c'est vrai qu'ici, on peut facilement… s'égarer. Ou plutôt, on vient ici parce qu'on se sent égaré. Tel le courant de la rivière, le mouvement perpétuel nous emporte ; on se démène, toujours dans l'action pour fuir les pensées qui nous harassent, rester en apnée jusqu'à ne plus savoir si nous sommes heureux ou malheureux. Le jugement rapide et la mémoire courte sont les deux caractéristiques nauséabondes qui nous emportent dans leurs tourments ! Toujours s'affairer pour ne pas disparaître, alors que c'est tout le contraire… Et les égarés, dont la tête tourne trop vite, viennent ici pour s'arrêter et prendre le temps de respirer.

— Refusez l'ennui et vous ne saurez jamais plus comment vous distraire ! me répond-il.

— Exactement ! Sans compter qu'il fait trop chaud dans les villes et qu'il y a trop de monde coincé sous le toit de la pollution. Tout nous pousse à l'étouffement.

— C'est vrai qu'ici le temps est plus clément, répliqua-t-il alors que je le voyais face au vent, une poignée de neige s'engouffrant dans sa bouche à chacune de ses paroles.

Son ironie ne fit aucun doute et je ris à ma propre candeur.

— Allez-vous m'offrir le thé ici ou allez-vous m'inviter à entrer ?

Son audace n'a d'égale que ma propre inconscience à accepter d'accéder à sa demande. J'ai bien été tentée de lui dire qu'il était présomptueux de croire que j'allais à tout le moins lui offrir le thé mais, sans rien dire, je me dirigeai vers mon entrée ce qui fut une invitation implicite, même si peu affirmée.

Prenant soudain conscience du froid et de la neige qui nous recouvraient, nous nous précipitâmes à l'intérieur et nos rires se croisèrent quelque peu enivrés lorsque nous observâmes mutuellement nos yeux brillants et nos nez coulants. Secouant nos manteaux et choquant nos chaussures pour décrocher la neige de sous nos semelles, bientôt une flaque d'eau s'étendit sur le sol de l'entrée que je nettoyai prestement avant qu'elle n'atteigne mon beau plancher moyenâgeux ; et nous enfilâmes des chaussons évitant que toutes traces de terre, herbe et neige en l'occurrence ne dépassent pas le seuil de mon foyer ; à chacun son espace.

— Bon ! Alors Monsieur veut du thé. À la menthe ou au citron ?

— Menthe, avec deux sucres.

Me dirigeant vers la cuisine, il m'emboîta le pas tout en donnant le sentiment qu'il connaissait les lieux. Il était parfaitement à son aise et trouva même le placard des tasses duquel il sortit la mienne. Son regard indéniablement intelligent et posé était rieur et pétillant de malice. Un mélange d'insouciance et d'assurance se dégageait de lui faisant face à mon inconscience dont bien sûr je n'avais pas conscience.

— Je m'appelle Ulysse, me dit-il

— Moi, c'est Anaïs, lui répondis-je tout en sortant ma boîte à gâteaux en fer.

— Vous aimez les Granola ?

— Ça existe encore ? dit-il, surpris.

— Bien sûr !

Alors que je prenais la bouilloire qui sifflait et versais l'eau chaude dans la théière, il posait les tasses et les gâteaux sur la table avec le naturel et l'aisance de gestes maintes fois répétés de concert. J'allumai ma mini-chaîne hifi et Ray Lamontagne, que j'écoutais ces derniers temps, entonna *Trouble*.

— De circonstance !

— *Trouble* ?

— La Montagne, me dit-il en souriant.

Il voulut ajouter quelque chose mais se ravisa.

Nous nous installâmes au salon. Les flocons virevoltaient et le vent battait aux carreaux ; nous n'allions pas pouvoir sortir de sitôt. Avec souplesse, il se leva et s'attela à la tâche de raviver le feu en rassemblant au centre de l'âtre les cendres incandescentes au-dessus desquelles il disposa harmonieusement des petites bûches de bois sec, formant un chapiteau solide dans lequel l'air pouvait circuler et les flammes tourbillonner. Ses gestes avaient la précision et la délicatesse de celui qui connaît et a la maîtrise de son corps.

— Vous savez que les arbres parlent ?

J'étais très en verbe, ce jour-là ! Froid, cheminée, bûches, bois, arbre, acacias, antilope, tel avait été le cheminement de mes pensées.

— Parlent ?

— Oui, enfin ils communiquent. Il y a cette histoire qui raconte que lorsque les antilopes s'attaquent aux acacias, ces derniers envoient je ne sais quoi, des signaux aux autres, pour leur dire « attention, l'antilope envahisseuse dévore toutes nos feuilles ! Protégez-vous, produisez du poison pour les faire fuir » et c'est ce qu'il se passe. Les arbres produisent du poison et les antilopes trouvent un autre moyen ou un autre lieu, et changent de garde-manger. Instinct de survie, protection et adaptation.

— Oui, en effet j'avais déjà entendu une telle chose ; légèrement moins romancée, mais oui.

— Oui mais, quand même, dis-je insistante. Cela dénote qu'un arbre peut se sentir bien ou mal, en paix ou attaqué, s'épanouir ou se protéger… Raisonne en somme ! Cela donne à réfléchir. Ils sentent, ressentent et agissent en conséquence ! On part toujours du postulat que ce qui ne parle pas ne s'exprime pas et ne raisonne pas… C'est insensé ! En tout cas, même les acacias se battent pour leur survie. N'est-ce pas là l'essentiel ? Et si l'arbre était un iceberg ? Y avez-vous déjà songé ?

— Comment ça ?

— L'arbre n'est que la petite partie émergée de la forêt. Les racines cachées sont bien plus qu'un enracinement. Elles communiquent entre elles, elles échangent des infos, de l'eau, de la nourriture, elles nettoient les sous-sols, sont les autoroutes des fourmis, des vers et autres coléoptères ! Le réseau d'une population souterraine, le circuit nébuleux actif et complexe d'une société cachée.

— En effet, mais nul ne le conteste. Enfin, je crois… Et les animaux alors ? m'incitant, amusé, à continuer.

— Les animaux c'est une évidence. Il fallait vraiment être aveugle pour continuer à les considérer comme des biens meubles. C'est le vivant dans sa globalité à qui il faut redonner sa place et reconnaître son occurrence. Ils nous entourent, jouent, respirent, mangent, boivent, et surtout, souffrent, se protègent, se défendent, se câlinent, crient même en silence, à tout le moins, comme tous, tentent de vivre. Rien que cela devrait susciter notre compassion et toute notre attention. Nous avons tant en commun, mais nous le renions car trop préoccupés par nos tracas. Pauvres d'eux dont les pleurs sans larmes me désarment ; l'absence de larmes dans les yeux n'empêche pas les pleurs dans le cœur. Nous nous cachons derrière leur absence pour excuser notre ignorance et justifier notre condescendance. Il est si facile d'être aveugle à leurs pleurs.

» Je ne pousserai pas le vice jusqu'à défendre l'instinct de survie d'une assiette, et encore ? Quelle est sa force de résistance au temps de nous survivre plutôt que cette autre, et d'apparaître sous la semelle d'un promeneur d'un autre siècle ? Alors pourquoi pas ? Ne font-ils pas aussi partie des marqueurs de nos temps ?

» J'ai l'impression que plus ça va, moins nous sommes réceptifs. Le concept d'évolution veut que cela s'associe à une progression, non ? Et pourtant, moi, j'ai l'impression qu'en bien des domaines, cela s'apparente à une régression. Nous n'évoluons plus puisque nous ne cherchons plus à nous adapter et préférons adapter notre environnement à nous-mêmes, en nous entourant d'assistance, contournant les problèmes, comblant nos lacunes plutôt que de chercher à les surmonter. Nous sommes capables de mettre à portée de main du plus grand nombre des appareils à la pointe de la technologie, avec des voitures dont les tableaux de bord ressemblent plus à des cockpits, grands performeurs de localisation et de déplacement qui nous envahissent jusque dans nos téléphones, présupposant notre ignorance à savoir où nous sommes, alors qu'un fauteuil roulant est incapable de monter un trottoir sans que cela coûte un bras à celui qui n'a pas de jambes. Plus prompts à offrir aux valides des assistances en tout genre, plutôt qu'une plus grande liberté d'action et d'autonomie aux invalides. C'est insensé ! Pourquoi ? Pour faire passer la quantité avant la nécessité ? Plutôt qu'affronter, assister, et nous faisons de nous des dépendants. Est-ce vraiment ce qu'ils veulent ? N'est-ce pas étrange ? Nous périrons de notre involution.

— Et c'est grave si l'Homme périt ?

— Oh, non, tant pis. Mais c'est stupide !

— Tu as du bois en suffisance ?

— Oui, dans l'auvent, en sortant, à droite de la maison.

Une fois l'album de Ray terminé, la voix rauque de Tom Waits retentit. Le feu dans l'âtre était magnifique.

Quand je repense à ce moment, la simplicité de ces échanges m'ébahit. Alors que le silence s'installait sans malaise, je sentais une sérénité me submerger que je n'avais, de ma vie entière, jamais ressentie. Presque quarante ans de vie sans connaître la quiétude.

Je me laissai aller à l'observer. Charpenté, ses cheveux épais et clairs, mus par un mouvement de liberté, semblaient avoir été coupés par une main dont les yeux auraient été bandés ; une barbe drue de trois jours les accompagnait. Perchées sur le bout de son nez, des lunettes tenaient par l'opération du Saint-Esprit ; chaussé des vieilles charentaises que je lui avais prêtées et vêtu d'un pantalon côtelé, il avait un air d'autrefois.

Levant les yeux de sa tasse, il m'observa par-dessus ses binocles et nos regards se croisèrent, il me sembla pour la première fois. Ses petits yeux noisettes couleur amande trouvèrent mes grands yeux amandes couleur noisette. Et il me sourit.

N'ayant pas la maîtrise du temps ces derniers temps, mon réveil sonna alors que je l'avais programmé pour ne pas oublier mon dîner. Mes rêveries du passé attendront. Pour l'heure, il faut que je m'active et que j'aille me préparer ; ma table est réservée.

Mais avant de me lever, je me saisis en hâte de l'enveloppe à fenêtre transparente qui trône toujours sur mon guéridon, la décachette et mes yeux parcourent avec frénésie ces lettres et ces chiffres devenus si familiers. Je souris. À présent, je sais. Sur mes lèvres, ce sourire étrangement contrit me surprit.

En cette belle fin d'après-midi, le vent est tombé et la

température est douce ; une jolie robe fera son effet pour la soirée. Je monte à l'étage et passe à la salle de bain me pomponner. J'adore ma salle de bain. Je peux m'y attarder sans raison aucune, pas même celle de m'y faire belle, si ce n'est le plaisir de sentir l'eau chaude couler le long de mon échine, le visage tourné vers la fenêtre grande ouverte sur le paysage éblouissant de mon enfance ; celui des vallons précédant les montagnes aux aiguilles enneigées toute l'année. Au loin, la barbe à papa rosée enroulée à son pic est une douceur pour les yeux et un présage pour les vieux ; l'annonce d'une belle journée pour le lendemain. À moins que ce ne soit l'inverse ; je ne sais plus. Les prévisions météo à la seule vue du ciel et du vol des hirondelles sont d'un autre siècle. Je me fie à leur bon sens même si j'avoue ne plus savoir dans quelle direction conclure.

Mais ce soir, je n'ai pas le temps de la contemplation, je suis déjà en retard. Je me sèche, enfile un collant à carreaux gris et bordeaux, ma robe manches trois quarts col bateau ; une goutte pour me parfumer et me voilà apprêtée pour le dîner.

En redescendant, je croise Maureen dans les escaliers.

— Mais, tu es encore là ? Dépêche-toi, tu vas être en retard ! me dit-elle.

— Oui, oui, je me dépêche ! Merci beaucoup, Maureen, je ne rentrerai pas trop tard.

— T'en fais pas. Prends ton temps. Salue Augustin pour moi.

— Merci, promis !

N'appréciant la compagnie qu'avec parcimonie, ce repas est une tradition annuelle qui fait exception à ma réclusion. Vous l'aurez compris, je suis une solitaire volontaire. Les années sont passées, j'ai accepté et me suis assignée à résidence, par habitude. Tout naturellement. De toute façon, j'aime être chez moi, je suis une femme d'intérieur. Je vous vois venir ! Non, pas pour faire le ménage ou la cuisine, mais pour lire, réfléchir, comprendre. Et je travaille à domicile. Pour beaucoup, cela serait gâcher son temps, pour moi, ce n'est qu'en profiter en l'écoutant passer. C'est l'endroit où je me sens le mieux. Il y a bien longtemps, j'ai tenté, j'ai persévéré et j'ai échoué. Ne connaissant pas la demi-mesure, ni le raisonnable, ni même la réflexion avant l'action, je n'ai pas su gérer, me laissant emporter par mon impulsivité. Manquant souvent de bon sens, j'ai pris tous les chemins qui se présentaient à moi. Les sinueux, les montants, les descendants, les boueux, les cailouteux, les étroits, les boulevards, les sens uniques, les contresens et même les impasses. Avec un point commun : ils étaient tous chaotiques ! Et, au bout du compte, tous m'ont menée ici.

Ne craignant pas la lassitude des habitudes ni la patine de la routine, je m'efforçais à m'agiter pour ne pas trop laisser la somnolence s'installer, elle qui régnait intrinsèquement sur mon être avec une certaine délectation.

Mais surtout, ne pas céder à l'indifférence. Ne plus voir la beauté d'un champ de blé fraîchement coupé, la délicatesse d'un pétale, le goût merveilleux de l'eau, la puissance du vent, la magie du levant ; m'enfermer dans des gestes répétés, un pour chaque jour de la semaine. Les lundis pleins d'énergie, les mardis tout permis ; la fatigue des mercredis ; les jeudis dans l'attente du vendredi, les *free Friday* et les samedis gais ; le dimanche de l'ennui dans la perspective du lundi. Et ainsi de suite, sans surprise.

Alors j'agissais sans trop réfléchir, et trois mois de spontanéité me valaient trois ans de rétrospection et d'angoisses apportant regrets et détestation ; et parfois quelques frissons prenant subitement la mesure de mes choix qui auraient dû me faire choir. J'ai agi sans réfléchir et il m'a fallu des années pour assimiler où j'en étais arrivée, pour enfin l'accepter, recroquevillée dans une introspection moralisatrice et accusatrice ; et parfois, je m'offre une sortie comme ce soir.

Je suis une habituée dans ce restaurant, tout le monde me connaît.

« Bonjour, Mademoiselle ! Comment allez-vous, Mademoiselle ? Cela fait longtemps qu'on ne vous a pas vue, Mademoiselle. »

Effectivement ! Ils connaissent ma table préférée - un poil pathétique - à l'écart, près de la fenêtre, avec vue générale sur l'assemblée. Un perchoir pour voir et contempler en toute impunité ; être la petite souris tant convoitée.

Ce repas ne réserve pas beaucoup de surprises. Je sais déjà que lors de ce dîner, les conversations vont fuser, les rires vont éclater ; je compte sur Aglaé pour ragoter, Noée pour s'extasier, Adélaïde pour ergoter, Iris pour s'exalter et Sophie pour nous moraliser à tout-va. Et ça me va.

J'aime leur vie qui a l'odeur du succès. Elles ont toutes obtenu ce qu'elles ont toujours voulu. Ce qui, bien sûr, m'échappa. En même temps, je n'ai jamais vraiment su ce que je voulais, comment me plaindre de ne pas l'avoir atteint ?

J'ai toujours vécu comme si je nageais vers le large sans jamais songer au retour, faisant travailler mon amnésie pour m'absoudre de mes bêtises. Mais, de temps en temps comme ce soir, en allant à ce dîner, je me mets à leur merci pour faire face à mes erreurs ; ne pas fuir et affronter la vérité. La réalité, je la connais bien ; c'est mon quotidien. La vérité est ce qui m'y a conduite, c'est l'enchaînement des décisions que j'ai prises parfois telle une écervelée, les chemins que j'ai empruntés et qui m'ont éloignée de ce qu'elles sont, elles. Leur compagnie me rappelle tout ce que j'ai raté, tout ce que je n'aurai jamais, le florilège de mes échecs. M'efforcer à ne pas les envier, m'efforcer à écouter et à profiter de leur bonheur tout en assumant le mien tel qu'il est, tel est le challenge de ces retrouvailles. Et je croyais que c'était cela ne pas fuir. Voilà pourquoi je m'obstinais à aller à leurs rencontres, quand bien même plusieurs jours de déprime en découleraient.

Aglaé a depuis longtemps sa maisonnée, Noée son bien-aimé ; Adélaïde son métier, Iris son bébé. Et Sophie, tout ce qu'elle croit mériter, tout ce qui lui confère la maturité et le respect ! La Réussite avec un grand « R ». Elles ont vécu leur vie quand moi je suis passée à côté. L'an dernier, encore, je n'avais rien de leurs accomplissements.

En fait, je suis leur prototype d'une existence manquée, mue par mon insatisfaction perpétuelle. Aux yeux d'Aglaé, mes déménagements successifs dans des locations insipides illustrent mon instabilité, pour Noée mon célibat n'est que le signe de mon intolérance, à ceux d'Adélaïde le néant de ma carrière fait de moi une démissionnaire, et à ceux d'Iris je ne suis qu'infantilité, une fille ne devenant femme que lorsqu'elle devient mère. Enfin, je peux lire dans le regard de Sophie toute la désapprobation que lui suscite ma vie, cette succession logique d'échecs d'avoir cédé à mes frasques libertaires.

La réussite. N'est-il pas déjà trop tard ?

Je me suis fait pour devise, le Destin est un coquin, le chagrin est un vaurien ; et bon an mal an, j'avance.

Néanmoins, les choses sont un peu différentes depuis l'année dernière. Comme je vous l'ai dit, je me suis mise au vert. Cela fait des années, une autre décennie, qu'elles profitent de leur bonheur, moi, mes deux et demi n'ont pas plus d'une année.

Parfois, je crois qu'elles ont raison. Et pourtant. Un bout de moi souhaiterait encore les tempêtes, les torrents, les événements s'enchaînant, le suivant rattrapant le précédent ; une vie de labeur poussée par la peur du néant. Risquer l'excès, risquer l'immoralité, risquer pour ne pas s'oublier. Vaciller, s'acharner, se tromper, recommencer. Se mettre en danger. Dans sa tête et dans son corps. Le doute. C'est le doute qui me faisait avancer. Ne pas savoir si demain sera pire ou meilleur permet tous les possibles. Je l'ai provoqué pour ne pas m'oublier.

Comment ne pas résister ?

J'ai mené ma vie, bon gré mal gré, en prenant des décisions plus ou moins judicieuses, plus ou moins réfléchies. Et voilà, j'en suis là ; pas très loin de nulle part.

Mes deux et demi. Je n'ai pas de mari, pas de carrière, plus de deuils à porter pas même celui de l'amour si ce n'est l'inassouvi ; je ne suis toujours pas sûre de savoir qui je suis mais ma vie s'écoule comme un long fleuve tranquille. Mais j'ai mes deux et demi. Celles qui sont tombées dans mon escarcelle ; ma maison douillette et ma petite fille rondouillette. Ce petit être si fragile et si intense au sourire de gencives, aux pupilles d'un autre monde, aux doigts molletonnés, qui vous fait croire en l'éternité. Ma petite fille. Et mon demi ; une promesse, une promesse d'amour à laquelle je m'accroche comme un crabe à son rocher.

Lorsque je monte dans ma voiture, les nuages ont déserté le ciel et le Soleil s'est couché dans une nuit sans Lune. Peut-être le Soleil et la Lune sont-ils occupés à des cachotteries opportunes ? Seuls mes phares éclairent la route sinueuse, et la lumière réfléchie par la neige fait danser les fées de l'obscurité. L'air est sec et la nuit est sombre.

Le serveur, ce soir, c'est Augustin. Quelle chance ! En fait, c'est même le patron, mais parfois il reste en cuisine. Sympathique, avenant, distingué, d'une courtoisie spontanée, son attitude témoigne d'une éducation à l'ancienne. Ouvrir une portière, précéder une femme dans une pièce, lui avancer la chaise, lui sont tout aussi naturels que de respirer. Élancé et jovial, à la fois bancal et équilibré, il est toujours l'homme de la situation. Énigmatique aux yeux du premier venu, lorsqu'un curieux lui pose la question la plus convenue qui soit, Augustin répond invariablement par la seule réponse pertinente qui est : « du ventre de ma mère ». Très investi dans les activités du village, chacun connaît ses multiples actes anonymes. Et, pour ma part, il a toujours réussi à me faire sourire au plus profond de mes heures sombres. Plutôt qu'expressif, Augustin est un intuitif ; il sent les choses sans qu'il ne soit jamais nécessaire de les mentionner. Je suis ravie que ce soit lui pour ce service.

— Bonsoir, Augustin !

— Bonsoir, ma cacahuète sucrée ! Comment va ma petite paupiette ? me demande-t-il tout en m'ouvrant la porte.

— Très bien, merci, j'ai laissé ta filleule dans les bras de Maureen. Elle t'embrasse d'ailleurs. Et toi, comment va ?

Bien sûr, Augustin est le parrain de ma petite chérie. Comment aurait-il pu en être autrement ? Chaque jour, je me réjouis qu'il fasse partie de ma vie.

— Très bien également. Ah, cette chère Maureen ! C'est une crème ! Tu l'embrasseras de ma part. La journée a été pimentée et je sens que la soirée va l'être tout autant.

En entrant dans le restaurant, je sens l'odeur fumée de l'âtre et celle des herbes que le cuisinier aime à préparer. La salle est encore déserte. Augustin m'accompagne à ma table et nous poursuivons notre conversation. Il n'est pas un grand bavard mais c'est un passionné.

— Aujourd'hui, nous avons répété le spectacle de fin d'année. Bon, on est en début d'année mais qui s'en soucie ! Je ne renie pas les années passées, mais cette année, il va être grandiose ! Tu viendras, n'est-ce pas ?

Son enthousiasme est contagieux et je lui souris en retour.

— Eh bien si tu en es, j'en serai !

— Formidable ! Tu ne le regretteras pas ! L'an dernier, c'était sur le thème du rêve, cette année ce sera celui de l'amour ! Il faudra venir accompagnée ! dit-il, le sourire au coin des yeux.

— Tu plaisantes ?! Comment une fête sur le thème de l'amour ne peut-elle pas virer pathétique en deux coups de cuillère à pot ! Et puis, de toute façon, si je viens, je viendrai seule, lui réponds-je tout en imaginant que peut-être…

— Tout est dans la sincérité des sentiments et des intentions, ma chouquette ! dit-il comme il aime à m'appeler. Tu vas trouver, je ne m'inquiète pas…

Son optimisme est sans égal.

— De toute façon, tu n'es jamais inquiet !

Je n'obtiens qu'un large sourire en réponse. Il n'y a pas de carte, le menu variant au gré des pêches et des viandes du jour, mais je peux lire les suggestions aux tableaux noirs avec quelques incontournables. Comme toujours, le menu est alléchant mêlant tradition et innovation, mais je sais déjà ce que je vais prendre ; je l'ai attendu toute la journée.

Un dîner au restaurant c'est comme un vol en avion ou un trajet dans un wagon ; c'est un huis clos échéant. Peu à peu, chacun prend place au gré des réservations passées, où chacun vivra les quelques heures à venir au milieu d'inconnus, conscient ou inconscient de la promiscuité qui les unit, certains se côtoyant, d'autres s'ignorant, mais tous réunis en vase clos partageront l'atmosphère de ce lieu et seront liés à chaque événement ou non-événement qui y surviendra, pour vivre sur le même fil du temps qui s'étirera de l'entrée à la porte refermée. Et il y a ceux qui veulent être près de la fenêtre et ceux qui rouspètent d'être à côté des toilettes. Comme je vous l'ai dit, pour moi, ce sera la fenêtre au coin de la cheminée.

À ma table, la commande est passée, les festivités peuvent commencer.

Montand, toi qui connaissais si bien le temps
Possédais-tu la fleur de sel de la rose des vents ?
Montand, toi qui parlais si bien du temps
Savais-tu voguer au gré du vent ?

La fleur de sel pour un peu de piment
Quelques fées des bois pour une naissance

Au hasard des errances, quotidiennement
La rose des vents vous donne un sens.

Des épines de roses aux pépins de raisin
Des sachets de thé, du thym et du romarin
Vingt roses arrosées de vin rosé et du pain
La félicité divine assouvit la faim.

Rien ne vaudra jamais la rosée des vingt roses
Douce senteur qui m'enchante au petit matin
Douce fraîcheur qui chasse les chagrins
D'une nuit sans lutin ni lendemain.

La Lune timide et si pâle
Se cache à la vue d'une étoile.
Le Soleil fougueux captivé fait le pitre
Espère, avec sa belle, écrire le prochain chapitre.

Entre chien et loup, le vent se lève plus fort que la veille
La Lune persistera-t-elle à céder au sommeil ?
Le Soleil insistera-t-il auprès de sa merveille ?
Rien ne résiste à la perpétuité du temps qui veille…

Aglaé – Un Nid Douillet dans un Nuage d'Eau-de-Vie

Aglaé – Un Nid Douillet dans un Nuage d'Eau-de-Vie

Installée bien au chaud sous de blanches lanternes japonaises, de formes et de tailles différentes, dans une ambiance étrangement anglaise au son d'une musique islandaise, Augustin apporte l'apéritif, du champagne c'est bien entendu, et quelques amuse-bouche offerts par la maison ; et s'en va le pas léger servir une autre tablée. Augustin a raison ; la soirée s'annonce enchantée et pour le moins arrosée.

Nous levons nos flûtes de champagne et trinquons à la santé.

— Quel plaisir de vous voir ! J'ai trouvé le temps long depuis la dernière fois ! s'exclame Aglaé.

— Oui, moi aussi, lui répond Iris.

Aglaé est probablement celle qui tient le plus à nos dîners épisodiques. Comme nous toutes, elle a grandi entourée des crêtes mais, alors que nous avons toutes quitté notre montagne adorée, Aglaé n'est jamais parvenue à s'en aller vers d'autres contrées, croyant qu'elles ne pourraient revêtir de plus belles couleurs que celles de notre enfance.

Ce n'est pas Épinal mais cela ressemble à une carte postale. Chaque matin, au son du carillon de la cloche, nous traversions les jardins des voisins jusqu'à l'école municipale, courant de maison en maison pour arriver le premier avec nos trésors dans les poches. Au Printemps, nous cueillions des pâquerettes dont nous effeuillions les pétales, témoins de nos sentiments cachés. L'Hiver, nous égarions une moufle ou retrouvions une troisième, en Automne, nous collectionnions les feuilles mortes qui s'effritaient ; feuilles que nous collions dans des cahiers en inscrivant leur nom pour les identifier « feuille de peuplier », « feuille de sorbier » ou « feuille d'églantier », en recherche de la rareté et de la plus colorée. Par temps de pluie, il y en avait toujours un pour arriver des escargots plein les goussets qu'il déposait malicieusement dans le pupitre d'un camarade de classe. Les week-ends, nous les passions avec les copains en goûters, pain, beurre, chocolat et orangeade, avec jeux de ballons, cordes à sauter, jeux de billes et courses à bicyclette. Mais, mes préférés étaient les jeux fabriqués, comme la pomme flottant dans une bassine d'eau débordante à croquer à pleines dents ou le dé enfoui dans une montagne de farine à retrouver sans les mains. Et nos jeux également variaient au rythme des saisons. Par temps de neige, les couvercles des poubelles nous servaient de luge pour glisser sur le terrain en pente du voisin tout en évitant le sapin, ce malin, planté au beau milieu du chemin ; au mois de mai, nous fêtions le muguet en cueillant des brins que nous revendions de la main à la main ; à l'Automne, nous ramassions des champignons et des marrons. Seul l'Été n'avait pas la marque de la tradition, si ce n'était celle du départ, car chacun rejoignait une grand-mère ou une grand-tante dans une maison de vacances, laissant derrière lui l'enfant du fermier qui ne connaît pas les congés. Nous vivions au rythme des saisons, développant notre imagination, apprenant à nous préoccuper de ce qui nous entourait.

Si vivre perché offre une qualité de vie indéniable, cela a néanmoins laissé la trace du temps qui passe sur le visage d'Aglaé. Quelle que soit la qualité de l'air, la rudesse de la ferme, la routine et la solitude ont terni son tempérament exalté, dont les années d'emprises ont fini par creuser sur le visage d'Aglaé des sillons bien plus profonds que nos jurons. Le temps est impitoyable.

La vie a cela de paradoxal que nous sommes souvent en contradiction avec nos propres désirs, et particulièrement Aglaé qui rêvait de voyager ; sa curiosité inassouvie a fait naître sa frustration. Or, ici, la nature ne laisse que peu de temps à la quête d'un ailleurs. La montagne est un temps plein produisant un schéma immuable et exigeant, dicté par la nécessité et l'utilité, du lever au coucher, de l'Automne à l'Été, refusant toute frivolité.

Mes parents appartiennent à ce pays. L'histoire de leur rencontre a bercé mon enfance, et je demandais souvent à maman de me la raconter. Alors, nous nous installions, ma tête tout contre sa poitrine, et je l'écoutais de l'intérieur.

— Comme tu le sais, ton père et moi avons grandi au milieu de ces vallons, chacun de son côté du coteau, lui en aval, moi en amont. Jusqu'au jour où il vint sonner à ma porte. Lorsque j'ouvris, je tombai sur ce beau brun, un brin gringalet de presque deux mètres qui me dit « Bonjour, excusez-moi de vous importuner mais c'est à cause des Edelweiss. » « Des Edelweiss ? » lui demandais-je. « Oui, des Edelweiss » dit-il avec conviction en prononçant Edelwaïs. « Voyez-vous, la boulangère, quand elle était petite, adorait la *Mélodie du Bonheur* et chantait à tue-tête avec le capitaine Van Trapp la chanson des Edelweiss. Vous connaissez ? »

» Et l'imbécile qu'est ton père se mit à chanter cette chanson aussi faussement qu'un disque rayé qui tournerait trop rapidement. Ton père est autant craquant qu'arythmique !

À ce moment de l'histoire, si mon père avait le malheur de passer dans les parages, il ne se faisait pas prier pour entonner la chanson et on en avait pour toute la journée ! Ma mère riait et reprenait :

— L'Edelweiss ! ai-je songé. Pour qu'une chanson lui soit consacrée, cette fleur devait receler plus d'un secret ! Voyant ma perplexité et ne perdant pas son enthousiasme, ton père poursuivit. « Le facteur, qui est tombé éperdument amoureux de la boulangère, est parti cueillir un Edelweiss dans les montagnes. Lorsqu'il le lui offrit, la boulangère lui sauta au cou et neuf mois plus tard mit au monde une petite fille qu'ils appelèrent

Edelweiss. Étrange et mignon, n'est-ce pas ? » « C'est charmant, mais qu'est-ce que tout cela a à voir avec moi ? » lui ai-je répondu. « Eh bien, la petite fille est née il y a quelques jours pendant la tournée du facteur. Il était à ma boîte aux lettres lorsqu'il reçut le coup de fil de sa femme lui annonçant qu'il allait être papa d'une minute à l'autre. Tout excité par la nouvelle et s'empressant d'aller la rejoindre, il commit une erreur et déposa dans ma boîte une enveloppe qui vous était destinée. Alors, me voilà ! » me dit-il la mine réjouie, déployant ses bras triomphants.

» Je crois bien être tombée amoureuse de lui à ce moment-là, en voyant ses bras grands ouverts et son sourire inonder son visage tout entier. Je me retins d'éclater de rire et lui demandai « Très bien, mais où est la lettre ? » « Saperlipopette ! Je l'ai oubliée chez moi ! Ce n'est pas grave, ne bougez pas, je reviens ! »

» Et il est reparti en courant pour réapparaître un bon quart d'heure après la lettre à la main, toujours en courant et tout transpirant ! Je ne crois pas avoir jamais autant ri de toute ma vie. Depuis lors, l'Edelweiss qui eut le pouvoir de réunir quatre amoureux, symbole d'union dans toute la région, est protégé de tous !

Lorsque maman me racontait cette histoire, ses yeux brillaient d'une intensité que seules les étoiles connaissent ; et dans la famille, il n'y a rien de sacré si ce n'est les Edelweiss !

Puis, un beau jour de Printemps, notre père, notaire notable du village, nous a réunis, ma sœur et moi.

— Venez les filles, je dois vous parler.

— Oui, on arrive ! avons-nous crié à travers la maison.

Après trois rappels et quelques grognements, nous étions autour de la table de la cuisine et notre père prit la parole.

— Les filles, que diriez-vous d'habiter dans une grande ville où vous pourrez aller au cinéma, voir vos chanteurs préférés en concert et même aller à la mer les week-ends ?

Notre père a toujours su trouver les mots. Avec une pointe de juvénilité, je répondis :

— Mais, mon maillot de bain est trop petit !

— Je t'en rachèterai un, répondit papa.

— Il y aura une bibliothèque ? demanda ma sœur Thaïs, alors que je la gratifiais de mon dédain.

— Bien sûr, une bibliothèque avec plus de livres que tu ne peux l'imaginer !

— Mais pourquoi on doit quitter ici ? m'enquis-je.

— On ne quitte pas ici, on s'en va ailleurs. N'est-ce pas excitant ? Une nouvelle vie, une nouvelle maison, une nouvelle école, de nouveaux camarades.

— Mais j'aime bien mes amis, moi !

— Alors tu les garderas.

— J'aurais ma chambre pour moi toute seule ? demanda Thaïs

— Non ! C'est qui qui va dormir dans le lit du haut alors ? m'exclamais-je.

— Qui dormira… ? corrigea notre père.

— Mais moi j'en ai marre de t'entendre ronfler toutes les nuits !

— On se calme, on verra. Pour le moment, je ne sais pas encore. Je visite des appartements et dès que je saurai, je vous dirai.

— Un appartement ? Y aura un ascenseur, alors ?

— Peut-être… On verra.

Les raisons exactes de ce déménagement, nous ne les connaissions pas vraiment, mais la mort de maman n'y était certainement pas étrangère ; et les choses se sont faites simplement.

— Ça va être formidable, vous allez voir !

En déménageant, je savais que nous laisserions un bout de maman derrière nous. C'est dans cette cuisine que je l'entends fredonner tout en mitonnant des mets ; c'est dans ce couloir qu'elle se précipite pour me récupérer le nez ensanglanté après ma chute dans l'escalier et dans cette salle de bain qu'elle sent le jasmin. C'est dans sa chambre, qu'installées sur son lit, elle me brosse les cheveux et me les coiffe avant d'aller à l'école. C'est sous ce pommier qu'elle attrape les belles de Boskoop et me les tend pour que je les dépose dé-li-ca-te-ment dans mon panier « car on les cueille pour faire une tarte, pas une marmelade ! »

Je ne sais plus très bien quand maman est morte. C'était il y a si longtemps. Suffisamment longtemps pour que je commence à oublier la forme de son visage, la couleur de ses cheveux, la douceur de sa peau. Papa et Thaïs ne le savent pas, mais j'ai sa voix enregistrée sur mon dictaphone, et parfois je l'écoute. Et je pleure.

Quand maman est tombée malade, ça non plus je ne sais plus. Un jour, elle était au lit et elle n'en est plus jamais vraiment sortie. Parfois, elle se levait mais je ne voulais pas, car je voyais bien qu'elle avait mal. Mais elle était toujours aussi belle et je ne savais pas que les choses belles pouvaient disparaître ; les choses belles sont éternelles, je croyais. Je n'ai jamais vu maman pleurer, par contre je l'ai entendue me gronder ; et quand je pense à elle, je retrouve mes jeunes années.

En déménageant, nous avons dit adieu à un monde et nos rituels d'enfants si rassurants. C'était un lundi de début de Printemps. En ce temps-là, la Terre est à la fête et produit son feu d'artifice. Brusquement, la splendeur envahit l'espace ; les fleurs champêtres éclosent, les couleurs explosent. À perte de vue, du rouge, bleu, jaune, mauve, blanc et orange jaillissent en un doux duvet de boutons dont je ne connais ni le nom ni le prénom, mais qui de toute façon ne doit sa beauté que par sa multitude, sa fragilité et sa diversité. Leur parfum chatouille mes narines affolées dès les premières heures de la journée, quand la rosée en fait l'essence de la vie ; une ode à la vie.

C'est la dernière image que j'en ai gardée ; celle qui m'a fait pleurer quand, la tête par la fenêtre, la voiture nous emmenait loin de maman, loin de mon enfance et loin de mes prés.

Nous avons quitté le confort d'un monde apprivoisé. J'ai dû dire adieu à des amis en apprenant que, probablement, nous ne nous reverrions jamais, pour plonger tête baissée dans un monde étranger où tout restait à découvrir et à construire.

De prime abord, j'aurais voulu rester. Continuer notre vie tel un rituel aux belles couleurs du bonheur éternel. En restant, Aglaé a fait une croix sur ses envies de départ et d'arrivée, et a figé son existence dans notre enfance au goût d'insouciance avec un soupçon d'insolence ; capturer et emprisonner nos belles années espérant les vivre à jamais.

Mais, sa volonté de préserver cette vie était un leurre. Les années passant y ont mis un terme, naturellement. Aglaé, si curieuse par nature, ne connut jamais l'excitation de la nouveauté, de la découverte, du tout possible, et finalement s'empêtra dans un quotidien sans événement, dans une vie qui ne se réinvente pas, où les années se succèdent, saison après saison, dont les couleurs flamboyantes du passé immanquablement se fanaient. Aglaé si coquette autrefois, est aujourd'hui en surpoids, les cheveux mal coupés et mal peignés.

En vérité, Aglaé a eu l'occasion de partir, mais elle l'a refusée se laissant happer par l'illusion de l'immutabilité. C'est cela qui l'a fanée, c'est de n'avoir pas écouté ses envies, de ne pas avoir tenté, tout devenant alors contrainte. Sans surprises, aujourd'hui elle habite une coquette maison à moins de cinq cents mètres de celle de ses parents, et a épousé ce garçon, charmant au demeurant, avec qui elle a grandi depuis l'école maternelle ; ne l'ayant jamais quitté, elle ne l'a jamais vraiment désiré. Ils ont eu quatre beaux enfants pour qui elle fait des crêpes à la Chandeleur et à qui elle confectionne des déguisements pour le carnaval.

J'aurais vite fait de l'envier si je ne connaissais pas l'envers du décor. Car finalement pour feindre l'ennui, elle s'enivre. La démonstration est complète lorsque c'est l'heure de la fête ; fête qui avec Aglaé n'a pas d'heures. L'alcool, révélateur de sentiments enfouis, fait ressurgir toute sa détresse, son désarroi et sa frustration arrosés des larmes intarissables de sa désolation. Et de cet état, seule la sobriété en vient à bout comme un camouflé ; dégrisée, mais le teint terne et l'haleine chargée.

Et finalement, c'est moi qui en viens à lui compter toutes les misères de la vie citadine que je finis par ne plus croire. Car, en vérité, à mon insu, pendant un temps, j'ai découvert un Nouveau Monde qui m'a emportée dans son mouvement. Mon Nouveau Monde. Celui du cinéma, du théâtre, des concerts, de la diversité culturelle, de la variété humaine et de l'anonymat ; de la créativité s'exprimant sur des planches ou des toiles. Le choix. L'abondance sur les étals des magasins, le dédale des rayons sans fin. Toute la multiplicité devenue possibilité. Les transports terrestres ou dans les airs, toutes les vélocités ; les trains grande vitesse, corail, métro ou RER selon les distances et les urgences ; les bus de plain-pied ou à étage, simple ou à accordéon ; les voitures, les vélos, les cyclomoteurs et les avions ! Toutes les destinations devenues proximité. La frénésie et l'excitation d'une journée où le tout est décuplé. La facilité.

Lorsque notre père a estimé que nous étions assez indépendantes pour nous débrouiller seules, il a quitté la ville où il nous avait amenées pour élargir notre horizon, et est revenu dans ces montagnes auprès du souvenir de sa femme, en nous disant qu'il nous revenait de faire nos propres choix.

Pour ma part, je ne vais pas m'en cacher, j'ai aimé toutes ces années dans la cité, même si je ne parvins jamais à y édifier mon foyer. Toujours ballotée par quelques sauts de puces d'une rue à l'autre, d'un appartement à l'autre sans âme ni cachet, petits logements grisâtres tout meublés que je m'empressais de quitter quand, après avoir déplacé les meubles dans tous les coins, repeignant les murs inlassablement dans toutes les teintes, croyant que cela ferait la différence, je finissais par tourner en rond moi-même. Un nouveau logement espérant à chaque fois qu'un étage au-dessus, qu'une plus grande fenêtre, qu'une chambre plus petite, qu'une salle de bain plus moderne, qu'un balcon riquiqui même plein nord me détourneraient de mon inertie.

Aglaé. Depuis toute petite, Aglaé puise l'évasion dans la vie des autres en passant de longues heures à ragoter, ce dont elle nous fait encore la démonstration en s'exclamant sur le couple caché au fond de la salle, couple illégitime mais non moins amoureux du boucher avec la charcutière.

— Oh ! Regardez, là-bas, montrant du menton le fond de la salle.

— Quoi ? lui demande Iris de son visage ingénu.

— T'es vraiment incorrigible Aglaé, la gronda Sophie.

Je ne vais pas la blâmer. Je ne ragote pas, la ville m'ayant complètement coupée et désintéressée de mon voisin que j'enjambe prestement, mais ne peux m'empêcher de profiter d'un ragot lancé à la cantonade, une forme de curiosité tout terrain en toute chose. J'ai cependant cessé les ragots le jour où j'ai pris conscience de la violence du vide qu'il crée, du boomerang que c'est.

Bien sûr, Aglaé en manque d'assurance, en quête de justification et cherchant à cautionner sa vie, y voit une occasion de pointer du doigt les désagréments des autres quotidiens rendant par là même le sien moins vilain. Apporter du crédit à sa vie en dénigrant celle des autres est tellement universel. Finalement, nous ne sommes prompts à juger que ce qui nous est familier. Cela rend moins insupportables ses erreurs ou ses manquements lorsque le constat est fait que nous partageons tous les mêmes souffrances.

Certes.

Je souris tout de même de sa désinvolture si nature. Après tout, Aglaé ne se pose pas de questions et assume ce qu'elle est, et la vie qu'elle s'est choisie ; ici, c'est chez elle. Et s'offre de temps à autre une distraction, même aux dépens des autres, quand moi, il n'y a pas si longtemps, j'en étais encore à me demander ce que je faisais là et tentais de me contenter de ces locations sans intérêt ni prétention, ces lieux impersonnels et vides que je quittais avant qu'ils ne m'envahissent. Et je restais en mouvement sans jamais savoir où aller.

Quand certains prônent le bien communautaire pour condamner le bien du propriétaire, c'est vrai, je préfère construire mon nid. Un toit au-dessus de la tête pour se protéger des intempéries, des fenêtres tournées vers l'extérieur pour admirer la vie, mais surtout, à l'intérieur, un don de soi sans contrepartie, si ce n'est celui de l'apprécier à sa juste mesure et, pendant un temps, le faire sien.

Accepter et apprivoiser ce lieu où chacun a apporté sa contribution, plus ou moins pertinente, pierre après pierre pour une évolution et faire de lui ce qu'il sera demain ; ancre du présent, chargée du poids du passé et des projets d'avenir. Ce n'est pas un millefeuille de couches qui se superposent mais une belle et généreuse salade de fruits enrichie des idées et des envies de ses occupants successifs et à laquelle chacun a ajouté sa touche pour en faire un magnifique mélange. Certains misant sur la couleur, d'autres cherchant l'harmonie ou l'équilibre, parfois seulement la fonctionnalité. Il a appartenu à d'autres, reviendra à d'autres encore, mais qui pour un temps sera sien. C'est une responsabilité. De quoi ont-ils tant peur pour le refuser ?

Une maison, c'est une demeure dans laquelle on vit et on meurt ; un lieu de joie et de pleurs.

Tous ces êtres qui se croisent l'air de rien. Chacun y ayant vécu, sait que cette marche craque, que ce mur est humide par vent d'Est, que cette fenêtre ne ferme qu'en tapant dessus, un peu plus bas mais pas trop fort, que cette tuile n'a jamais tenu. D'où vient cette éraflure ? Quel est l'idiot qui a planté ce clou à cet endroit ? Pourquoi diable ce mur n'est-il pas droit ? Et pourquoi cette date, 1713 ? Incroyable 1713 ! Qui me salue ainsi à travers l'espace ? Rendez-vous compte ! Se l'approprier pour le faire vivre. Combien de derrières se sont posés sur ce vieux banc en pierre pour déguster une bonne bière ? Tant de mains ont poussé cette porte qu'elles en ont poli la poignée ; tant d'oreilles l'ont entendue grincer que je les entends presque râler. C'est inouï ! Et j'y ajoute mes empreintes, mes rires, mes larmes et mes planches clouées de travers. Quel privilège d'en être !

Son destin est d'être possédée puis cédée, l'occasion d'une transmission, un cœur voué à être offert aux générations à venir comme un cadeau dont elles pourront jouir avec sérénité. Accepter une maison, c'est accepter de s'inscrire dans le temps ; de ne faire qu'un avec son environnement, ici et maintenant.

Une maison, c'est plus qu'une propriété, une demeure ou un foyer. C'est un lieu de respiration, selon les saisons, selon les générations ; ce sont des clins d'œil à travers les âges, c'est le passé qui s'invite au passage, c'est un héritage. C'est une expérience de la vie dans ce qu'elle a de plus absolu ; l'avant, le présent, le suivant. Tous ces petits bruits d'une maison qui craque ne sont-ils pas les battements et les soupirs d'un cœur gorgé d'amour, de souffrance et de souvenirs ? Qui d'autre mieux qu'une maison fait écho au passé ? Comment refuser de faire partie d'une continuité, d'une logique ; un tout ? C'est vrai, c'est vertigineux mais tellement délicieux.

Lassée de vivre dans le vide et l'insipide, j'ai donc décidé de réduire mon intérieur et accroître mes extérieurs. J'ai réuni toutes mes économies, j'ai rendu l'appartement de cent vingt mètres carrés dans lequel je me sentais à l'étroit et qui me prenait trop de temps en ménage, et j'ai dégoté ma petite maison avec grande cuisine, table et fenêtre donnant sur la montagne pour accueillir mes réflexions. Luxe absolu.

Aujourd'hui avait été une de ces journées paisibles qui me rappellent combien je suis contente de vivre ici et maintenant. Combien la décision de revenir avait embelli mon avenir !

Comme un rituel en un hommage révérencieux aux moins chanceux, je me suis imaginée ce même jour pour d'autres, en d'autres temps, et d'autres lieux, et annoncé l'éphéméride du jour.

Je tends la main et je saisis la branche
Mes doigts attrapent ce brin délicat qui vers moi se penche
Hésitant à en cueillir la fleur, sachant que j'en provoquerais la fin ;
Pendant ce temps, en seize, à Verdun

La fleur au creux de ma paume a déjà perdu de sa fringance
Encombrée de sa poussière, je la glisse à mon oreille, elle danse
En priant que pour le moins, dans son regard mon acte ne sera pas vain ;
Au même instant, en seize, à Verdun

La lumière éblouissante d'une belle journée, de celle qui va le pas léger
La main à mes sourcils protège mes yeux de ses dangers
Je tourne la tête et les pétales s'envolent au loin ;
Pendant ce temps, en seize, à Verdun.

Mais ce n'est pas tout. Toutes ces années, je m'acharnais à me détourner de ma santé, à combattre sans relâche l'air de rien, en évitant les frustrations nées de l'aisance d'un tiers qui un temps me conquièrent ; je me suis dit que pour le moins le faire dans mon foyer me serait salutaire.

Alors, tout naturellement, après avoir erré et tergiversé, je suis revenue à mon tout premier point de départ, au milieu de ces montagnes, dans cette maison douillette qui m'attendait pour accueillir mes journées et me protéger de mes peurs et de mes colères. Pas si mal dégotée d'ailleurs. Je n'étais pas venue m'enterrer là mais, c'est vrai, je pressentais laisser ma vie sur le sentier. Ce sentiment connu des anciens seuls que les belles années sont passées, que ne reste que le quotidien dont profiter. Et je m'en réjouissais. Et pourtant ! Que j'étais loin de la réalité puisque le plus beau restait à apprécier ! Certes, à ce stade-là, seul le désir qui s'achète était tombé dans mon escarcelle. Ma maison. Il en était autrement du métier, de la maternité et que dire du mari et de la maturité. Il est vrai que rien de ce qui compte vraiment ne peut sortir d'un compte courant, mais tout de même, je me réjouissais ; j'avais mon foyer.

Se pourrait-il qu'Aglaé ait raison ? L'entéléchie défraîchie de ma vie n'est que la conséquence de mon inconstance, mon incapacité à rester en place alors même que je ne suis jamais allée nulle part. Je vide ma flûte d'une traite et mon regard s'attarde par la fenêtre.

> Le vent m'a plantée pour l'avenir,
> Impossible de m'en affranchir
> De la Terre, de l'eau et du Soleil, dans la peine
> Un jour, une abeille a butiné mon pollen.
>
> Le vivant m'a bâtie dans le passé,
> Impossible de m'en cacher

Les Fées du Hasard

Un plancher, un toit, des murs dans la sueur
Un jour, un homme a planté ce clou de labeur.

Qu'importe ma taille et qu'importe ma couleur
Petit plaisir, odeur de pain grillé, chocolat et beurre
Je suis l'antre de tous mes occupants
Et bientôt celui de leurs descendants.

Témoin des âges et de leur destinée,
Quelques naissances et parfois des décès
L'un s'est pendu, l'autre a pleuré
Quel sera le prochain à m'occuper ?

J'ai vécu tous les temps et toutes les saisons
À plus d'un, cela ferait perdre la raison
Esseulée sur ma montagne immobile, je l'attends droite
et fière
Je suis trois fois centenaire

Haut Fil du Temps d'Antan

Dehors, la neige redoublait d'efforts et s'obstinait à nous camoufler le paysage en traçant des veines blanches sur les versants, au gré du relief jusqu'au cœur impuissant. Lourde et dense, elle est incessante mais, à cet instant, cela n'avait que peu d'importance. Ulysse à mes côtés sirotait son thé.

— Tu es de la région ? m'interrompit-il dans mes pensées.

— Oui, de l'autre côté de la vallée. On voit les chalets au loin. Je n'étais jamais venue par ici. Tu te rends compte ? C'est fou comme on s'évertue à aller vers le plus éloigné avant de porter attention à ce qui nous est à côté.

— Osons l'horizon ; au dos le baluchon ! Dis-moi, pourquoi es-tu partie de là-bas ?

— Ça t'intéresse ?

— Venant de toi, tout m'intéresse.

Alors je lui racontai mon enfance et les saisons qu'il connaissait déjà puisqu'il avait vraisemblablement vécu les mêmes. Puis, la maladie de maman, notre départ et nos premiers pas de citadins avec les difficultés d'adaptation que cela induit. Il m'a écoutée, attentivement, n'en ratant pas une miette. Parfois souriant, parfois impatient, rythmant mon récit par quelques onomatopées. Son intérêt n'était pas feint, ce qui me surprit d'autant plus considérant mon propos d'une banalité déconcertante.

— Mais toi ? Raconte-moi plutôt.

— Voyons voir… Commençons par le commencement. Mon père et ma mère se sont rencontrés jeunes adultes, et mariés quelques mois après pour ne plus jamais se quitter. Si cela n'avait pas été l'histoire de mes parents, je ne le croirais pas. Tu sais, comme ces couples que l'on croise toujours bras dessus bras dessous ne sachant trop qui soutient l'autre. Mon père m'a raconté que le jour où il avait croisé le chemin de ma mère, sa vie était devenue une évidence. Pas seulement leur couple, mais sa vie à lui. Je trouve cela si romanesque.

» Il avait su qu'il l'aimerait le restant de son existence, une évidence sans jamais se faire d'illusion. Dès le début, il sut exactement qui elle était. Il avait vu sa fragilité et il avait la force des gens qui savent ce qu'ils ont à faire ; la certitude de savoir être là où il devait être, comme si sa vie d'avant n'avait été qu'une préparation à cette rencontre. Il était taillé sur mesure pour elle et elle pour lui. Rien ni personne n'aurait pu l'en dissuader, et il ne l'a jamais regretté. Son regard posé sur sa femme était toujours plein d'amour et de tendresse, même si parfois y passait furtivement l'ombre d'une tristesse. Mais il disait toujours « Ta mère est la femme la plus vivante des âmes aimantes ».

» Cela m'avait surpris car tout le monde s'accordait à dire qu'elle était une personne ne sachant pas vivre, triste, morose et plus qu'un péché, misanthrope ; inapte au bonheur. Mais ce que mon père voyait en elle, c'était sa vitalité. Il n'a jamais essayé de lui apprendre à être raisonnable, comme disaient les autres ; parce qu'elle savait voir la vie mieux que quiconque, disait mon père. Jamais il n'aurait laissé qui que ce soit l'altérer. Sa grande force était de savoir mieux qu'elle-même tout ce qu'elle ressentait dans ses entrailles. Alors il anticipait ses réactions et agissait comme un paratonnerre pour absorber son trop-plein. Il avait la force qui soulageait sa faiblesse. C'est pourquoi mes parents sont venus s'installer ici, avant ma naissance ; pour aider ma mère à respirer ; au propre comme au figuré. Et pendant un temps, ça a marché.

» Mais, pour autant, elle n'a jamais su ce que voulait dire « prendre la mesure des choses ». Je crois qu'il était là, son combat. Tout était important. En bien comme en mal. Vivante, elle était intense. Elle irradiait de lumière, une lumière d'un jaune ardent ou d'un blanc incandescent puis une fulgurance la traversait et brusquement elle s'assombrissait. Trop souvent, sa vie c'était l'obscurité. Une lumière obscure mais jamais éteinte, jamais le néant. Parfois, c'est vrai, un peu lugubre. Pourtant, sur les photos, personne n'aurait pu deviner qu'elle pouvait être cette personne si sombre. Sur les clichés, toujours pétillante et rayonnante, extrêmement photogénique, il eût été aisé de se laisser berner et de refuser de voir le feu dans ses yeux, un feu intérieur qui finit par la consumer. Et ce ne fut pas un vain mot pour ma mère. Les naïfs et un peu stupides, du moins à la jugeote primaire, auraient dit qu'elle avait la joie de vivre sans voir que c'était une fièvre, une urgence pour repousser la peur. Mais, elle a gagné, la peur. Petit à petit, au fil des années. Personne ne peut résister à tant d'intensité. Sans mon père, il est certain que sa vie aurait perdu quelques décennies.

» Vivre, c'est accepter de tomber, et c'est bien ce qui l'effrayait. À chaque pas, ne croyant pas avoir la force en elle de se relever, déjà effrayée par la prochaine marche à gravir, elle se pétrifiait.

» Ce que tout le monde aurait pris pour des caprices ou de la lâcheté, mon père n'a jamais fait l'erreur de les négliger ou de les balayer d'un revers de main. C'était l'erreur à ne pas commettre, une injure qu'elle n'aurait pas pu supporter et il l'aurait perdue à tout jamais.

» Inexistante à la face du monde, elle en ressentait pourtant le moindre soubresaut ; une hyper conscience. Le moindre souffle, la moindre inspiration ; le moindre cri de l'univers trouvait le chemin de son cœur et la faisait frémir dans sa chair et dans son squelette. Tu le croiras ou pas, mais ses moments de profondes noirceurs précédaient toujours un drame dans le monde. Une inondation, un tsunami, un feu, un crash d'avion... Elle les vivait intensément quelques instants auparavant.

» Un jour, nous étions allés au bord de la mer pour pique-niquer et alors qu'elle adorait se baigner, ce jour-là, elle a catégoriquement refusé d'y plonger un orteil. Elle était terrifiée et nous a interdit d'aller nager. En rentrant, nous avons appris à la radio qu'un bateau avait chaviré et que la centaine de passagers à son bord avaient péri. Elle savait déjà. Un sourire léger s'est dessiné sur ses lèvres. Non pas par satisfaction du drame, mais apaisée de savoir sa frayeur expliquée, le drame enfin passé ; son for intérieur délesté.

» Et l'instant d'après, elle pouvait s'extasier devant la moindre feuille qui vole, le moindre bouton d'or. Elle était capable de rester des heures à observer les brins d'herbe se redresser aux aurores, la rosée s'évaporer sous le Soleil d'Été, se dilater ses pores. Elle disait « regarde, regarde, ça bouge ! » Je l'ai vue pleurer devant une orange biscornue et se pétrifier devant un coquelicot. Fébrile et fragile, sa perception était toujours d'une grande subtilité. C'était cela son quotidien ; et le nôtre.

» Inexplicable aux yeux de la plupart des gens qui préfèrent rester aveugles, pour elle, c'était trop de réel. Sa sensibilité lui faisait ressentir toutes les douleurs de la Terre, rendant son quotidien difficile à supporter. Dans l'incapacité de profiter, le pire était toujours à craindre. A contrario, quand ça allait bien, c'était tout son corps qui réclamait du bonheur, des rires, et toujours des larmes, ne supportant toujours pas ce trop-plein. Oui, c'est ça. Son quotidien, c'était l'overdose.

» C'est dans son cœur seul qu'était sa demeure. Alors elle écrivait. Elle appelait ça ses balivernes. Oh, des tout petits textes sans queue ni tête. N'importe où, il y en avait partout. À l'envers d'une nappe, sur un coin de mur, derrière un tableau, sous une table, dans les graviers, une dalle de béton frais, sur une vitre embuée ou une voiture crasseuse ; on n'était jamais à l'abri de tomber sur une de ses pensées. Mais jamais, au grand jamais, l'écorce d'un arbre. J'ai toujours sur moi la première baliverne que j'ai trouvée d'elle.

Puisque c'est comme ça, je veux la tempête et les éclairs
Je veux que ça pète en coup de tonnerre
Je veux les bourrasques et le déluge
Je m'abandonne à mes frasques, je sors la luge.
Je m'abandonne, mon cœur à moudre
Pour un coup de foudre !

» Souvent les gens la regardaient avec pitié et demandaient à mon père :

— Mais comment faites-vous pour supporter tout ça ? Vous êtes d'une telle patience !

Croyant que c'était lui le héros.

Et lui, imperturbable, répondait de tout son cœur :

— Je n'ai de cesse de chérir le jour où ma vie a croisé la sienne, n'osant imaginer sans elle quelle serait la mienne !

» Et, comme toute personne intensément consciente, elle avait un humour irrésistible, piquant de pertinence, cinglant d'intransigeance. Elle pratiquait tous les humours. Surtout celui qui la détourne, celui pour exprimer ce qu'elle n'osait penser ; tourner en dérision pour mieux apprivoiser. L'humour de l'esquive, l'humour noir, l'humour bête. L'humour naïf à ses dépens ; le spontané à l'insu de son plein gré, était mon préféré ! Toujours la première à rire d'elle-même, elle était désopilante. Tu sais, l'humour n'est drôle que sur les pavés de la bienveillance. Et voir l'incompréhension sur son visage, ses traits se crisper, ses yeux nous interroger, passant en revue ses trois hommes, s'offusquer avant de s'esclaffer était un régal. Elle cédait à l'hilarité sans même chercher à comprendre, juste profiter de la gaîté comme de la plus belle des contagions. Quand elle s'y mettait, on pouvait avoir des semaines entières à rire du soir au matin. Et d'une certaine façon, ce sont les semaines qui m'ont le plus fait pleurer. Elle était tellement irrésistible, toujours à inventer des coups tordus, toutes les occasions étaient bonnes ; un coup de chaleur et c'était une bataille d'eau, un gâteau à la crème et c'était une tarte à la gueule. Jamais très évolués mais toujours efficaces, nous mettant les uns ou les autres dans la connivence, souvent mon petit frère d'ailleurs, qui n'était pas le dernier à se proposer ! C'était ravissant. Mon père affirme qu'un jour le chien du croque-mort s'est esclaffé sur une de ses grimaces !

» Nous savions dès le lever quelle était son humeur car les jours sombres, elle mettait un de ses tee-shirts beige couleur peau, fade et sans éclat, que les corps mortifiés s'obstinent à revêtir pour disparaître autant aux yeux de la vie qu'à ceux de la mort. La mort et le sentiment de mort attirent à eux tout ce qu'il y a de plus beau. Je les déteste.

» Et puis, nous avons eu un chien, Spoutnik. Mais le pauvre bougre ne l'a jamais compris, et chaque fois que nous appelions l'un ou l'autre, on avait les deux qui débarquaient. En fait, il ne la quittait pas d'une semelle.

Un léger silence s'installa entre nous avant qu'il ne reprenne.

— Tu vois, c'est dans cette ambiance électrique que j'ai grandi. Mon frère a hérité de son humour et de son rire. Il a le rire contagieux, celui à gorge déployée ; ces personnes-là ont le don de te faire sentir vivant ! À sa naissance, maman a voulu l'appeler Esteban junior, mais mon père refusa catégoriquement. « Mais votre prénom est si beau, mon tendre Esteban ! » C'était leur coquetterie, ils se vouvoyaient. « Pas aussi beau que le vôtre, ma chère Demetan. Je suis sûre que vous allez en trouver un qui vous plaira tout autant, mais junior, pas de mon vivant ! » Alors ils l'ont appelé Asclé. Elle avait le chic pour dénicher des prénoms.

— Esteban et Demetan... J'adore ! Très originale, Demetan.

— Oui, la loufoquerie est héréditaire. Elle doit remonter loin dans la famille.

— C'est une si belle histoire ! lui dis-je, ce qui le fit sourire.

— C'est vrai, je trouve aussi. Mais trop belle. Il est impossible pour nous de rivaliser avec cela. Asclé, mon cadet, a abandonné toute idée de bonheur conjugal et se laisse happer par son métier.

— Et toi ?

— Moi je n'ai jamais vraiment tenté, sachant pertinemment que j'échouerais. Je préfère profiter.

— Il fait quoi ton frère ?

— Il est médecin et consacre toute sa vie et son énergie à la recherche. Il est l'excellence même, et ses travaux font régulièrement l'objet de publications dans des revues scientifiques. Il s'est spécialisé, un peu par hasard, dans la gastroentérologie et se retrouve consulté pour des maladies neurologiques telles qu'Alzheimer ! Te rends-tu compte ? La médecine est passionnante ! Tiens, et ça va te plaire, il paraît que le cerveau originel est notre intestin !

— Génial et passionnant ! C'est vrai qu'intuitivement on pourrait s'en douter, l'intestin ressemble tellement au cerveau ! Et les noix aussi ! m'emportai-je.

— On se calme !

— ... Peut-être le cerveau s'est-il développé uniquement parce qu'en cuisant les aliments nous avons libéré du temps et de l'énergie à notre intestin ? Ce qui voudrait dire aussi qu'on a maîtrisé le feu sans trop de cerveau... Le cerveau n'est peut-être pas aussi prépondérant qu'on veut bien nous le faire entendre...

Si seulement on écoutait plus notre instinct. J'ai toujours considéré que l'on ne se préoccupe de la tête que quand on manque de cœur.

— C'est ça, docteur Freud !

Ulysse éclata d'un rire léger et juvénile qui me gonfla le cœur. Son rire était une résurrection à lui seul ; et j'entendis sa mère. À cet instant, je lui fus d'une infinie reconnaissance d'avoir partagé son histoire avec moi.

— Et tu ne devineras jamais mais Asclé vient d'Asclépios, dieu grec de la médecine !

— C'est pas vrai ! Et vous ne le saviez pas ? Et tes parents ?

— Mes parents oui, mais ils ne nous l'avaient pas dit. Ça n'avait pas d'importance. Et nous ne nous sommes jamais posé la question. C'est fou comme parfois on accepte les choses justes telles qu'elles sont.

— Que s'est-il passé ensuite ?

— Les médecins ont dit « crise cardiaque ». Pour nous, maman est morte d'épuisement. Aucun cœur ne peut résister à tant de tension. Spoutnik l'a suivie une semaine après, jour pour jour. Le véto a dit « crise cardiaque ». De voir ce chien en peine était un crève-cœur. À la mort de maman, papa est resté et je suis parti quelques mois après... Il arrive toujours un âge où on a besoin de changement. Enfin, peut-être que c'est seulement moi... Mon père avait décidé de vouer sa vie à lui offrir la plus belle journée possible, l'une après l'autre, comme si c'était la dernière. Je n'ose imaginer l'énergie que cela nécessitait et pourtant, maman vivante, il ne vieillissait pas. Il disait toujours qu'elle le maintenait en vie. Aujourd'hui, je sais que ce n'était pas qu'une façon de parler. Après son décès, à chaque année qui passait, mon père en perdait dix.

» Papa ne l'a jamais vu ainsi, mais j'avais grandi dans cette maison avec l'idée qu'elle allait y mourir. C'était un lieu de convalescence. Il y a même des moments où j'ai souhaité que cela arrive le plus rapidement possible… réduire la souffrance, tu comprends ?

Bien sûr que je comprenais. Mon silence l'intima à continuer

— À la mort de maman, j'ai cru qu'on allait l'enterrer avec. Il fallait que je parte. Ce n'était pas une fuite ni un exil mais un appel irrépressible à la mobilité. En partant, je tentais de mettre de la distance entre moi et sa souffrance, donner du mouvement à ma vie, éviter l'inertie, créer une variation ; et aller voir comment font les autres…

» Aujourd'hui, je trouve mon attitude un peu cruelle pour mon père, mais il ne m'en fit jamais le reproche. Mais, elle était morte à la fin de l'Été et pour moi c'était le début de l'année. Il me fallut attendre la fin du mois de juin avant de pouvoir déserter. À mon départ, mon père m'a dit « Mon garçon, quand tu reviendras, tu voudras bien passer prendre une baguette ? » Sa façon à lui de me dire « ne tarde pas trop à revenir, le repas sera chaud ».

» Alors, je suis revenu chaque année du vivant de mon père. Il est décédé il y a quelques années maintenant. Aujourd'hui, je suis venu pour m'installer…

Se saisissant du tisonnier, il asticota le feu pour le raviver, remit une bûche qui le fit crépiter et vint se rasseoir.

— Et puis, je me souvins d'une conversation que j'avais eue avec mon père alors que j'étais plus jeune. Il m'avait raconté qu'il était rapidement devenu évident qu'il fallait prendre « des dispositions ». Alors, il était allé voir un notaire. Un monsieur admirable d'après mon père. Calme, attentif sans être condescendant, jamais il n'eut ce regard de tant d'autres, faisant de lui une espèce de saint en carton. « Il ne me voit que comme un mari qui aime sa femme, » se réjouissait-il. « Le travail de notaire est le plus beau métier de la Terre. C'est une aide inestimable et un soulagement incommensurable que de n'avoir à se préoccuper de rien d'autre que de l'essentiel », disait-il. Ils ont développé une relation qui a beaucoup compté pour mon père.

» Ce notaire les a toujours accompagnés avec déférence et professionnalisme, et mon père lui était reconnaissant de le soulager d'un tel fardeau, lui permettant de reléguer les questions administratives si lourdes et rébarbatives à un plan qui ne le tracassait plus. Et je sais qu'ils finissaient par partager un petit verre de cognac agrémenté d'un cigare. Une vraie bouffée d'oxygène ! « Cet homme est un mécène ! » disait-il. C'est lui que je suis venu chercher pour me conseiller et m'installer.

» Une fois, mon père est rentré tout guilleret d'une de ses entrevues, comme il disait et me lança « Tu sais, le notaire ? Il a une fille un peu plus jeune que toi. Vous vous entendriez à merveille ! » Je lui avais répondu du ton du gamin que j'étais « ouais, ouais, on verra » !

— Oui, les parents essayent toujours de caser leurs enfants…

Chacun dans son fauteuil, le silence nous accompagnait. Je songeais à l'amour de cet homme pour sa femme et me mis à l'envier. Ulysse attrapa machinalement le bouquin posé sur le guéridon et le feuilleta tandis que je me saisis de mon crochet. Nous avions besoin de penser.

Ne m'offrez pas de rose mais un chant de coquelicot
Sans épine, droit et fier, on entendrait cocorico
Fragile et délicat, c'est un révolté
Doux et sensible, c'est un passionné.

Son cœur vertueux dans son corps belliqueux
N'aime pas la solitude ni les jours pluvieux.

Haut Fil du Temps d'Antan

Ton corps fébrile m'intrigue chaque heure
Toi qui tranches si bien dans les champs du malheur.

Ta tache s'étale en pétales, corolle ensanglantée
Ton pistil chancelant ploie sur ton cœur coagulé
Le silence s'abat sur les herbes
Témoin présent du passé, ici tu te déposes en gerbe.

Ton pétale papillonne sur ta tige
Le poids du silence te donne le vertige.
Implacable tache, le sang envahit le champ
Plus rien ne poussera que toi, le temps, et le souvenir du vent.

Noée – Le Cœur Vanillé Gonflé de Vahiné

Après avoir débarrassé la table de l'apéritif, Augustin apporte l'entrée ; feuilleté au chèvre, miel et noix concassées, avec un peu de salade et quelques lardons pour accompagner. De la plus grande simplicité mais tellement bien exécutée que c'est un tableau dans l'assiette que j'aime à observer avant de déguster.

— Dis-moi, Anaïs, tu as reçu tes résultats ?

Évidemment, il sait que j'attends une enveloppe à fenêtre transparente.

— Eh bien, oui. Bonne nouvelle, c'est fini ! Vive la rémission ! lançai-je, un brin provocatrice.

Le visage d'Augustin s'illumine tout en captant l'ombre qui passe dans mon regard. Rien ne lui échappe. Perplexe mais néanmoins souriant, il se saisit de mon assiette. En relevant la tête, son regard plus intense que jamais me traverse.

Lassée de ragoter, Aglaé se tait, détournant mon attention vers Noée qui, comme chaque fois que je la vois, me laisse un sentiment de morosité. Pourtant, Noée est une femme exaltée, très apprêtée qui suscite toujours beaucoup d'intérêt. Toujours de belles prestances avec une pointe d'arrogance, une façon de compenser son manque de confiance et de sauver les apparences. Elle a épousé son premier amour, le parti le plus beau bien qu'un peu veau, sujet de toutes les convoitises. Beau donc, charismatique c'est évident, impressionnant de culture, ayant le verbe facile avec une belle situation, c'est bien entendu, Noée lui a mis le grappin dessus dès l'adolescence et ne l'a jamais lâché. Jusqu'à faire elle-même la demande en épousailles qui, en soi, était plus une injonction qu'une question, formulant sa requête comme une évidence à laquelle la négation n'était pas une option. Elle était sûre d'avoir trouvé la perle rare, ce dont chacune était convaincue, et n'avait aucune intention de le laisser à d'autres. Pour ma part, je n'oublie pas que la perle est périssable…

Avec Noée, nous avons toujours eu le cœur vanillé gonflé de vahiné ; mais le mien s'est dégonflé comme un soufflé quand le sien a rassis comme un vieux croûton de pain sans sa mie.

Ainsi, Noée l'a épousé et a eu le plus beau des mariages. Un mariage hivernal en plein mois de janvier pour bien commencer l'année. La veille des noces, quarante centimètres de neige avaient recouvert la montagne faisant place nette dès le lendemain à un ciel azur glacier et un Soleil ambré. Idyllique. Loin des petites robes d'Été et chapeaux de tulle, les invités étaient vêtus de gros manteaux chauds avec écharpes, mitaines et autres gants multicolores ; toque, bonnet et chapka en tout genre pour parfaire le costume.

La mariée, en robe longue et blanche pigmentée de légères teintes argenté et rose poudré, portait sur ses épaules un boléro soyeux aux petites boules cotonneuses qui tressautaient lorsqu'elle riait. L'église était pleine à craquer ; nul n'aurait raté ce grand événement qu'était le mariage des enfants du pays. Les convives se félicitaient de célébrer cette union entre deux enfants si délicieux, témoins de l'amour parfait voué à un avenir radieux. Le champagne avait coulé à flots, la musique avait résonné dans toute la vallée, et même au-delà ; tout le monde avait dansé jusqu'au dernier sourire de la Lune, et on avait chanté et ri à grands cris. Et chacun y était allé de son petit commentaire, commençant immanquablement sa phrase adressée à la mariée par « tu en as de la chance ! » ; ce qui gonflait Noée de fierté.

J'avais moi aussi connu cet homme. Cet homme-que-tout-le-monde-aime. Cet homme aux ronds de jambe devant lequel la société se jette les genoux joints. Cet homme-que-tout-le-monde-aime et que j'avais quitté était un ponte du métier rencontré lors d'un colloque en début d'Été.

Il eût été judicieux que je me souvienne qu'un amour sur son lieu de travail ne tient pas l'endurance ni la constance. Mais, c'était le temps des frivolités, et j'oubliais. Il est des évidences auxquelles parfois il est bon de rester aveugle. Pendant un temps du moins. Néanmoins, à cette rencontre j'avais bien failli changer le cours de ma vie.

Chacun m'avait vanté ses qualités, chacun m'avait encouragée à accepter ses avances et je les avais écoutés. Je m'étais enorgueillie de ses appétences amoureuses tout en jouissant avec délectation de ses parades exaltées.

Le colloque était passé, le temps avait filé emportant avec lui ses belles intentions. Sans crier gare, son comportement outrageusement ordurier m'apparut et piqua ma fierté lorsque je surpris son sourire, comment dire, gourmand, adressé à une demoiselle envoûtée. Alors que la saison n'avait pas encore décliné, j'avais été vexée de le voir si avenant envers une autre quand déjà je n'étais plus sujette à la moindre déférence ; de le voir lui ouvrir la porte quand déjà il me la claquait au nez sans jamais s'excuser. Très vite, je compris qu'il n'était pas homme à demander pardon ou présenter ses excuses, mais plutôt à esquiver et s'exclamer « c'est à moi que tu dois ce que tu es ! ».

C'est cela le vrai problème lorsque l'on s'efforce de garder les yeux ouverts. Ce contraste entre l'apparence et la prestance devant l'inconnu, et l'indifférence dès l'intimité retrouvée devrait toujours éveiller la méfiance. Rester vigilant et exigeant. Et pourtant, pendant un temps, je suis restée. Mais je n'arrivais pas à me cantonner à une vie de façade, à me satisfaire de susciter la jalousie en me pavanant au bras d'un homme pour qui je devenais transparente dès que nous avions passé le regard des badauds, et qui ne se souciait ni de mes besoins ni de mes envies.

À chaque évocation d'un souhait, d'une pensée, il soulevait les épaules, parfois clignait d'un œil incrédule ne daignant pas porter intérêt à ce qu'il considérait être du babillage ; et sans scrupule, il relevait chacune de mes ridules. Nul rêve n'existait, seules ses idées valaient ; la valeur des choses plutôt que leur vérité.

Toute l'admiration que j'avais s'est transformée en un mépris profond pour cet homme qui ne croyait en rien, sinon en lui-même. Sa nonchalance était en fait de la froideur et du désintérêt pour autrui, son intelligence n'était qu'arrogance sans une once d'empathie, et son sourire n'était adressé que dans le but évident de soumettre son interlocuteur à son bon vouloir. Paraître quand je voulais être. À ses côtés, je m'éteignais.

Je ne pouvais me résoudre à vivre dans une telle atmosphère et restais sur le qui-vive. Pour tout ce qui me passionnait, il n'avait que de la condescendance sans même s'en cacher. Combattre son dédain était vain.

J'avais grandi dans une famille où les rêveries sont des trésors, la femme dorlotée et l'homme admiré. Il était évident que nous n'étions pas du même monde. Rapidement, il devint inutile d'insister.

Tout n'est qu'une histoire de veste. Entre ceux qui la tendent négligemment, pire la laissent à terre, chargeant leur femme de la ramasser pour la suspendre à la patère ; et ceux qui s'en dévêtent pour recouvrir nonchalamment les épaules de leur épouse. Débusquer le goujat du galant, quel talent ! Le jour où il jeta sa veste à mes pieds n'eut pas de lendemain, et j'abandonnai sans remords ce gougnafier à l'ego surdimensionné à une autre.

Je ne voulais pas d'un homme dont la volonté était plus ou moins affichée selon son public, mais toujours assumée, de vouloir faire son propre bonheur avant le mien. Je ne parvins jamais à soustraire de mon esprit que son indifférence n'était pas qu'une négligence mais le reflet de sa vanité. À ce stade-là, plus rien n'aurait pu me retenir. Je cherchais l'amour, pas un homme gonflé d'orgueil, quand bien même il restait avec moi. Pourquoi ne rompait-il pas d'ailleurs ? Je ne comprenais pas, et pire, lui ne voyait pas. Alors, je suis partie et sans surprise, il ne me retint pas. Ou juste comme ça, pour la forme, par orgueil et par fierté, par habitude, il n'est pas homme à être quitté. Et pourtant, chacun m'invitait à revisiter mon jugement ; cet homme était si merveilleux ! Mais, si cet homme était bien sous tous rapports, au réveil il ne me vendait pas de merveilles ! Et si déjà le bonheur s'étiolait, je ne voyais pas comment passer le reste de ma vie à ses côtés. Un homme que je ne faisais plus rêver et qui ne me procurait que peu de réconfort ne pouvait être la recette du bonheur ; bonheur dont je refusais de laisser le sort entre les mains d'un esbroufeur. Je voulais plus. Je le quittai et démissionnai de mon poste par la même occasion.

À deux exceptions près, résignée et patiente, je n'ai eu que des conquêtes éphémères, des divertissements, pour ne pas laisser la nonchalance s'installer trop profondément.

Pour mon malheur, ai-je cru un temps, j'avais été bercée par des utopies qui résistaient et me protégeaient du pragmatique si triste qui s'acharnait à chasser mes rêves de mes idéaux pour les reléguer à l'ordre du fantasme à grands coups de moqueries et de sarcasmes. Pour mon malheur, car il est si difficile de ne pas suivre la foule et de camper sur ses positions. Ne pas céder à la passivité… J'étais seule mais toujours avec mes utopies nées il y a si longtemps.

C'était dans notre première maison, maman était toujours vivante. La maison était plus grande que le monde lui-même aux yeux de l'enfant que j'étais. J'y avais fait mes premiers pas et y avais exploré tous les coins et recoins. Du hall d'entrée au corridor, du corridor à la buanderie, de la buanderie au grenier, plus aucune encoignure n'avait de secret pour moi. Je clopinais le pas mal assuré, mais déterminée à découvrir la moindre cachette. Il était si aisé de se faufiler derrière les meubles, entre les pieds des chaises, sous la table ou derrière les rideaux, mais il y avait bien un endroit que je ne connaissais pas. Un endroit qui retenait toute mon attention. Dans un encadrement, incrusté dans le mur assurant la continuité des boiseries comme pour se fondre dans le décor, s'accrochait une toute petite poignée dorée à l'ancienne témoignant qu'ici existait une ouverture. Si on n'y prêtait pas attention, on pouvait tout à fait ne pas la voir. Et chaque fois que je passais devant, je jetais un coup d'œil, sans toutefois tourner la tête ostensiblement, face à cette entrée qui restait obstinément fermée. Surtout ne pas montrer que cette porte suscitait mon intérêt, de peur qu'elle ne se dérobe. L'intrigue était déjà un secret. Mais, ce qui piquait le plus ma curiosité, c'est que lorsque quelqu'un l'ouvrait, un filet de lumière s'en échappait sans que le moindre interrupteur ne soit touché. Alors, un jour, n'y tenant plus, j'ai demandé à ma sœur ce qu'il pouvait bien y avoir derrière ce mystère.

— Cette porte ? Bah, c'est le placard des feux follets, dit-elle du ton léger de celle qui est dans le secret des Dieux.

L'excitation était à son paroxysme. Quoi ? Des feux follets ? Ce nouveau mot laissait apparaître tout un Nouveau Monde. Des feux follets !

— Sais-tu ce que sont les feux follets ? me demanda-t-elle.

M'arrêtant presque de respirer, mes yeux arrondis de curiosité ne laissaient planer aucun doute sur mon ignorance et ma crédulité, j'attendis que la révélation vienne à moi, et ma sœur ne se fit pas prier pour continuer d'une voix plus intrigante que jamais.

— Les feux follets sont des petites créatures craintives qui brillent dans le noir et qui se cachent dans les placards à l'abri des regards. Mais, vois-tu, lorsqu'on ouvre la porte, le placard s'allume pour permettre aux feux follets de s'évanouir dans la clarté. Leur incandescence n'est visible que dans l'obscurité, lorsque la porte est fermée. Tu comprends ?

Alors ça, c'était incroyable ! Moi, Anaïs, du haut de la longue expérience de mes jeunes années, je connaissais bien sûr les lucioles, les elfes, les fées, les farfadets mais les feux follets ?! Ces petits êtres si malins pour se cacher ! Et en plus, dans mon placard ! Chez nous ! Bien sûr, je n'avais aucune idée de ce que pouvait être un feu follet ni même savoir à quoi il ressemblait, mais le nom à lui seul était une féérie enchantée. Un feu follet. Pendant le quart d'heure qui suivit cette explication hautement scientifique de ma sœur, dont je ne compris pas la moitié des mots mais saisis l'ampleur du récit, je suis restée plantée là, assise par terre en tailleur, à imaginer tout le monde invisible qui existait derrière cette porte, partagée entre l'envie de l'ouvrir pour tenter de le découvrir et risquer de les faire fuir, ou de la laisser fermer pour les laisser en Paix. Des feux follets chez nous. Plus jamais je ne pourrais dormir, songeais-je ! Pas en sachant ce que je savais à présent, quand tant de beauté se déroulait pendant que je dormais. Bien sûr, à cette époque, j'aurais tout donné pour participer à cette folle vie de feux follets. Avec toute la logique qui caractérise l'enfance, je demandai à ma sœur :

— Mais Thaïs, voyons ! Comment font les feux follets pour voler ? C'est beaucoup trop petit un placard, ils doivent se cogner au plafond et sur tous les murs !

Ma sœur faillit se faire avoir par cette question dont je me félicite car somme toute très pertinente. C'est vrai, après tout, comment des feux follets font-ils pour voler dans un placard ? Après une courte hésitation, j'eus ma réponse :

— Eh bien, quand il fait nuit dehors et que plus personne n'est là pour les voir, les feux follets sortent du placard par le trou de la serrure et volent partout où ils le peuvent pour se dégourdir les ailes. Allez ! Fiche moi la paix maintenant. Si tu veux, la prochaine fois je te conterai les Lubies de Bidule la

Libellule !

Ah, bien sûr ! Alors ça, vraiment c'était trop fort ! Et dans ma petite tête, l'histoire était entendue, il fallait que je voie. C'est ainsi que le soir même, mon père me trouva allongée sur le ventre devant la porte du placard, dans le noir et dans ma chemise de nuit, le menton reposant sur mes mains à attendre les yeux fatigués mais grands ouverts, l'envolée des feux follets.

— Mais que fais-tu là, Anaïs ?

— Chut papa ! J'attends les feux follets !

Au son gracile et si naïf de ma voix de petite fille, il eut un moment d'expectative et posa sur moi un regard que seul un père peut avoir. Étant parfaitement au courant de toute l'histoire, ma sœur la lui ayant racontée plus tôt dans la journée, mon père ne se démonta pas.

— Mais voyons, ils ne vont pas sortir si tu restes devant.

— Mais, je veux voir les feux follets ! Promis, je ne leur ferai pas de mal.

— Oh, Anaïs, ma chérie, je sais bien ! Mais personne ne peut les voir, tu sais. Ils se cachent. Mais c'est déjà pas mal de savoir qu'ils existent, non ?

— Oui, tu crois ?

— Allez, viens ! Il faut aller se coucher, dit mon père en me soulevant de Terre, ce qui eut pour effet instantané de me mettre le pouce dans la bouche et de clore mes yeux pour mieux les ouvrir dans le monde merveilleux où le tout-est-possible. Lorsque mon père me déposa dans mon lit, un sourire radieux inondait mon visage. Le monde des fées ne me quitterait jamais.

Je crois au Nouveau Monde et l'implacable réalité des feux follets accompagnera mes pérégrinations. Exigeante, jamais je n'accepterai une histoire qui ne soit pas à la hauteur de celle que ma sœur m'avait offerte ce jour-là, et validée qui plus est par mon père. Il fallut en accepter la difficile exigence car les hommes n'auront de cesse de me décevoir, ne sachant me faire rêver, ne prenant pas même la peine d'essayer, jusqu'à tenter de les faire disparaître, les reléguant au rang de fadaises et de sornettes. C'était si facile ! Sidérant !

Et je ne serais probablement pas là à vous conter mes tentatives de femme esseulée si je n'avais pas cru aux feux follets.

> Refusez d'être femme girouette
> Renoncez à l'homme pirouette
> Devant le miroir aux alouettes
> Seul importe le goût de la baguette.

J'aimais grandir, vieillir, profiter des plaisirs de chaque âge sans me noyer dans la nostalgie du passé, et m'accrocher à l'onirisme de mon enfance en quête de mon autre. Je dois ma solitude à mes exigences toujours plus grandes qui me font me demander aujourd'hui si je n'ai pas exagéré, si je ne me suis pas bercée d'illusions, croyant en des chimères nées de l'innocence de mon enfance. Enfant, j'aimais tant leur force, leur nonchalance, leur indolence ; en grandissant, si exigeante et intransigeante avec la gent masculine, je ne voyais que leur faiblesse, leurs mensonges, leurs manipulations, et bien sûr leur lâcheté. Je n'ai pas su faire preuve de flexibilité et de compréhension, et encore moins de pardon.

Mais, si j'avais définitivement cédé, aujourd'hui je serais une naufragée à l'image de Noée. Car, à l'instar de tous ses efforts et de façon quelque peu prévisible, Noée n'eut pas le bonheur escompté. Elle est tombée et a accepté de ne pas se relever. Cet amoureux aussi beau soit-il, aussi enviable soit-il, n'en est pas moins resté le gougnafier qu'il a toujours été. Il l'a trahie. À maintes reprises. Elle dira à qui veut l'entendre qu'elle ne se laisse pas faire, qu'elle a su pardonner, que ça l'a rendue plus fière ; que le pardon est le plus beau des dons. Que c'est ça la vie ; que ce sont des compromis ! Que c'est ça le mariage ; que loin du badinage, il faut être patient et sage.

Sauf qu'elle le dira trop et trop fort. Trop souvent pour que cela soit cru, trop fort pour que cela soit entendu. Sa détermination à vouloir le croire est incroyablement désespérée et excessive. À bien écouter, à se convaincre de l'inacceptable, la persuasion vous fait vous répéter, vous rabâcher toujours sur les mêmes sujets, mais personne n'est dupe, c'est elle qu'elle cherche à convaincre. Sa vie est une mascarade dans laquelle elle est la reine de la parade.

Comment aurait-il pu en être autrement ? Elle avait accepté un homme incapable de dire non, qui ne dit oui que pour éviter les conflits et finalement n'en faire qu'à sa guise. Pensant de prime abord que cela faisait preuve d'une grande faculté à lui donner tout pouvoir, quand en vérité c'était du désintérêt le plus complet, ne cherchant à faire que ce que la société exigeait de lui : un bon mariage avec une bonne épouse, douce et obéissante, non contrariante et surtout bien présentable. Son quotidien se cloisonnant à passer son temps chez la manucure, le pédicure, le salon de coiffure car tout est dans l'allure. Les dupées et jalouses diront à leurs maris indifférents « Au moins, lui, il voit qu'elle a changé de coiffure » sans comprendre que ce n'est que le signe de l'emprise qu'il exerce sur elle, de son exigence du contrôle de l'apparence ; car il lui est évidemment intolérable de se tenir aux côtés d'une femme qui ne se présenterait pas à son image.

La vérité, c'est qu'elle est prisonnière d'un rôle qu'elle a elle-même construit. Noée a tout donné à son mariage. Ses jeunes années, ses études, son énergie ; son indépendance, sa liberté d'esprit, son indulgence, sa tolérance et sa clairvoyance ; sa légèreté, son insouciance, ses rêves et sa fierté ; sa beauté d'avoir trop pleuré. Sa joie de vivre. Il l'a asséchée jusqu'à ce qu'il ne reste plus rien de la Noée tant aimée. Noée, autrefois si désopilante est aujourd'hui désabusée. Elle ne croit plus en rien, encore moins en elle-même. Elle ne sait plus aimer, elle aime tout et rien, tout le monde et personne. Ne reste que le souffle de l'amertume et de l'irritabilité irradiant tout son être aussi sûrement que le sang coule dans ses veines. Ne reste qu'à détourner son esprit du passé, de ses regrets, noyer son chagrin qui persiste dans son quotidien. Elle s'extasie sur tout car plus rien ne l'enivre. Pour assumer cette décision qu'elle croit être la meilleure, ou plutôt pour l'oublier, et pour compléter l'illusion, elle fume. Du matin au soir, elle fume pour parfaire son petit paradis, son bonheur surfait. Trop tard. Trop d'engagement, trop de sacrifice pour faire machine arrière.

Ses larmes ont creusé bien plus de cernes aux bas des yeux que ses sourires n'ont tracé de rides aux coins des lèvres. Et dans ce mariage, elle est seule à se démener, elle est seule à faire des projets, seule à parler et à écouter, seule à accepter. Et surtout seule à pardonner, quand lui déploie toute son imagination pour justifier son « petit écart sans importance », allant jusqu'à en faire reposer la faute sur le manque d'attention de sa femme, sans jamais envisager qu'il puisse en être la cause. Sans sourciller, lui se contente de continuer ses jeux de séduction cherchant juste à éviter les disputes et les explications. Force est de constater qu'il a su éteindre tout amour-propre chez son épouse, facilitant ainsi son emprise.

La vie de Noée n'est qu'une longue et interminable lutte en solitaire. Et à y regarder de plus près, je préfère la mienne et de très loin ! Quel est le poids de la solitude lorsque l'on est deux ?

Entre faiblesse et lâcheté, pour y échapper, il eût fallu qu'elle renonce et qu'elle s'avoue vaincue. Mais, à agir de la sorte, elle avait la certitude de quitter la vie la plus belle qui lui soit donné de vivre. Et par vie, j'entends « situation ». Soit. Prisonnière du quotidien qu'elle mène et du confort qu'il lui procure, la question ne se pose plus. Elle s'était mariée pour quitter ses parents et plutôt que d'aller travailler, et si c'était à refaire, elle referait pareil parce que « tu comprends Anaïs, tout le monde l'aime ! ». « Pas plus que lui-même », avais-je envie de lui répondre. Mais à quoi bon ?

Dans un sursaut de lucidité ou une conception extrêmement lugubre et sinistre de l'espoir, Noée songe que peut-être, il partira avant elle...

Une certitude ; tomber en pâmoison est un poison.

Pour ma part, j'avais fait le choix de voir. Jamais je n'ai laissé un homme prétendre que je lui dois ce que je suis, faisant de moi l'esclave de son bon vouloir et de sa mansuétude. Et tant pis s'il ne vient pas, tant pis s'il n'existe pas. À refuser la tiédeur et la pâleur, j'ai tout de même eu ma part de douleur. Et après l'homme-que-tout-le-monde-aime, un autre viendra qui n'aura pas fini d'accroître ma peine... Car il est vrai qu'un temps, j'ai failli céder. Céder et faire comme beaucoup, m'en contenter...

Il était une fois l'abeille en quête du bourdon
Il était une fois la grue du Japon en quête du dragon
Il était une fois la mouette en quête du pigeon
Il était une fois l'orange en quête du citron

Il était une fois la chouette rêvant d'être madame hibou
Il était une fois la grenouille rêvant d'être madame crapaud
Il était une fois l'oie rêvant d'être madame canard

Il était une fois l'Océan amoureux de la Mer
Il était une fois le Ciel amoureux de la Terre

Il était une fois la Lune dans l'attente du Soleil
Il était une fois la Destinée dans l'attente du Hasard

Je ne connais que les longs Hivers de solitude à ne compter que sur moi-même pour organiser les journées, anticiper les problèmes, préparer les lendemains, réparer les bêtises ; manger et m'enivrer. Au début, une grande fébrilité m'envahissait, je me sentais tellement vulnérable ! Vivre seule avec sa solitude s'apprivoise pour ne pas se subir et enfin procurer une grande satisfaction de soi. Et puis ne faut-il pas se connaître pour pouvoir être soi-même ? Au fond, plus que la solitude, c'est surtout de ne pas partager l'intimité de la complicité qui me manquait. Tous ces moments vécus qui ne deviendront jamais des souvenirs partagés, toutes ces attentions à offrir qui ne rencontrent jamais son destinataire, tout cet amour gâché, inutile, qui fane au fond de mon cœur…

Ainsi va ma vie de passion qui n'a rien de bien folichon avec des cycles de tentatives, de longues pénuries et beaucoup de déceptions. Pensant ne jamais recommencer jusqu'au jour où un nouveau prétendant jouait de ses charmes pour me redonner l'envie et un peu de distraction.

Année après année, me voilà seule avec ma petite Destinée à mes côtés. C'est elle qui m'a trouvée, trois jours après mon arrivée. Un beau matin de pluie, pour elle comme pour moi. Jamais je ne sus d'où elle venait quand bien même c'est un berger islandais. Si petite, affamée, recroquevillée, tremblante sur mon paillasson, terrifiée, elle s'est néanmoins immédiatement collée à moi pour se blottir tout entière dans ma main après avoir enfoui son museau au creux de mon bras. Geste qu'elle a gardé en grandissant et qu'elle réserve à ses bien-aimés. Et peu à peu, j'ai senti son petit corps se détendre. Elle a dévoré les restes que je lui ai donnés dans une coupelle, elle a bu tant qu'elle a pu dans une auge qu'elle a faite sienne, elle a batifolé dans un bain dont elle raffole et elle a dormi sur mes pieds, apaisée, pendant toute une journée. Depuis, nous savons, elle comme moi, que nous nous sommes trouvées. Ma petite Destinée. Et lorsqu'un inconnu se présente à ma porte, elle aboie avec tant de force et d'intention que l'inconnu intrusif détourne les talons craignant un grand méchant chien, alors qu'elle n'est capable que de douceur ; et l'inconnu ne saura jamais que dans son regard, l'instant d'après, s'y décèle la peur que je m'empresse d'effacer en la prenant tout contre moi. Et nous restons toutes les deux, elle satisfaite du devoir accompli et soulagée, et moi fière de ma petite Destinée si forte et si vaillante.

Pour ce qui est de mon autre, je ne vois que trois possibilités. Soit il s'est trompé de compagne, soit c'est un retardataire, soit il est mort. Pour son bien, je lui souhaite d'être mort car dans les deux autres hypothèses, le jour où il pointera le bout de son nez, je lui passerai un sacré savon !

De toute façon, je ne confonds pas les conceptions du temps et compte bien appliquer à la lettre, « mariage plus vieux, mariage heureux ». Car si je vis seule, j'ai le secret désir de mourir épousée. J'ai confiance. Ma Destinée m'a trouvée alors, pourquoi pas lui ?

En attendant, à l'époque, c'est vrai, je m'en fichais pensant que cela importait peu. Et le temps est passé. Au moins, le possible existait encore. Au moins, peut-être, un jour… Qui sait ? Et de toute façon, j'étais bien trop occupée avec ma santé.

J'ai grandi avec cette leucémie et elle a grandi avec moi. Lorsque l'on passe tant d'années avec cette intruse à son insu, on n'a pas d'autres choix que d'apprendre à s'apprivoiser, anticiper chaque caprice, chaque soubresaut n'ayant plus le moindre secret. Ce n'est plus la leucémie mais ma leucémie. Elle est en moi, elle est à moi. Personne d'autre que moi ne la connaît mieux que moi. Pas même les médecins. Je l'écoute, je lui parle. Si fidèle, parfois inconstante, pleine de surprise et de douleur, c'est elle qui m'a tenu compagnie toutes ces années plus qu'un compagnon. Nul homme n'aura eu autant d'endurance et de persévérance à s'incruster ainsi dans ma vie que ma leucémie. Je lui ai pourtant fait la misère à coups de seringue et d'acharnement, à coups de comprimés et de volonté. Mais elle s'agrippait bien fort et quand elle faisait mine de partir, elle revenait par la petite porte. Sacrée leucémie ! Mais aujourd'hui c'est fini, c'est l'enveloppe à fenêtre transparente qui me l'a dit.

Le croustillant de chèvre n'est plus que quelques miettes de pâte feuilletée caramélisée au miel éparpillées dans mon assiette ; je les finis en suçant mon doigt pour les y coller. Subitement, je me sens si triste. Je me demande quel temps il pourrait bien faire demain. J'aurais voulu une belle tempête comme celle de l'année dernière. J'aurais voulu qu'il floconne par bourrasques, blanchir les chalets et les sapins et aplanir le paysage. Mais, le temps, plus clément, est moins en phase avec mes tourments. Ce n'est pas plus mal. Au fond de moi, les colères, les rancœurs, les déceptions s'estompent. Je les connais, mais aujourd'hui leur présence m'encombre et je rêve d'un peu plus de légèreté et d'insouciance ; d'une respiration plus facile et moins dense. Et une question me taraude. Suis-je aussi intransigeante et sectaire que le pense Noée pour oser vaquer à ma misanthropie ?

Augustin s'approche et repart avec l'entrée terminée. Ses longues jambes et ses longs bras auraient pu lui donner un air d'épouvantail empoté, mais ils lui donnent la maîtrise de l'espace et la grâce d'un prestidigitateur. Il sourit à la vue de mon assiette que je suis fière de lui rendre vide. En même temps, quand c'est bon, on termine ! Le restaurant est bondé mais Augustin ne tarde pas à revenir avec le plat de résistance ; une blanquette de veau.

Je résisterai au suffisant, je refuserai le fuyant
Attendant celui qui osera vaillamment.
Et tourne en vain la toupie de l'utopie
Sans mercis.

Les Fées du Hasard

Je résisterai au stagnant, je refuserai le concurrent
Attendant patiemment celui qui me fera son pendant.
Et tourne trop vite la toupie de l'utopie
Tant pis.

Celui qui me voudra trébuchera dans sa vie et son âme.
Celui qui basculera me prendra sans entame.
Ce jour-là un air de bonheur dans la tête trottera
Ce jour-là, où tu rencontreras mes pas.

Tourne la toupie de l'utopie
Se balance, m'enlace et jamais ne se lasse
Un seul m'offrira le répit, l'unique qui me donnera le tournis.
Et le temps passe…

Au Temps du Fil Amant

Magnifique et élégante, la montagne cessa un temps de revêtir sa robe nuptiale et un voile léger s'accrocha à son sommet. Destinée qui ne s'appelle pas pour autant Téméraire s'était blottie tout contre Ulysse, un sourire sur les babines, le museau tendu vers la main bienveillante qui la caressait nonchalamment. Alors que seuls les crépitements du feu et les ronflements de ma chienne retentissaient dans la maison, mon ventre choisit ce moment propice pour gargouiller allègrement et briser grossièrement ce doux silence de complicité.

— J'en connais une qui a faim, dit Ulysse sans détour.

— Oui, en effet, fis-je avec un petit sourire gêné.

— T'as quoi dans tes placards ? Il est largement temps de se préparer un petit gueuleton.

— Je sais pas…

— Pourquoi est-ce que cela ne m'étonne pas ? me dit-il de son beau visage amusé. Bien, allons voir ce que nous pouvons préparer pour calmer ce petit ventre affamé.

Il m'agaça à me parler comme à une enfant, mais je ne le repris pas. Allez savoir pourquoi ! Peut-être le plaisir éprouvé que quelqu'un se préoccupe de moi sans même que j'en manifeste la volonté. Nous dirigeant vers la cuisine, Ulysse prit clairement les opérations en main. Il ouvrit les placards, fit un inventaire exhaustif des différentes boîtes de conserve de thon, maïs et autres sardines, ouvrit le frigo, le congélo et se tourna vers moi pour me lancer un regard quelque peu inquiet.

— Sais-tu ce que signifie le verbe « se nourrir » ?

— Bah, oui… enfin, manger quoi.

— Non, se nourrir ! Nourrir son corps, lui donner de quoi se sustenter jusqu'à satiété ! Et comment fais-tu alors ? Tu te fais livrer ?

— Ça m'arrive. Il y a un très bon resto dans le coin, « Du pain au vin d'Augustin », même si tout le monde dit qu'il va « Chez Augustin » d'ailleurs…

— Ah, mais bien sûr ! Ce cher Gus !

— Tu connais Augustin ?

— Quelle question ! Bien sûr que je connais Gus ! Qui ne le connaît pas dans tout le comté ? Un vrai montagnard toujours en brocard ! On a passé l'adolescence ensemble. On aime bien crapahuter ensemble.

— Oui, c'est vrai, il adore se balader dans la nature. Il part toujours dégoter des herbes et autres plantes pour mitonner et agrémenter des recettes. Des petits riens pour tout changer, comme il dit ! De toute façon, je trouve que c'est toujours excellent ce qu'il fait.

— Comme tu dis. C'est un garçon plein de surprise et de mystère ! Il faudrait qu'il écrive un livre sur sa vie, un jour, celui-là ! Mais qui sait, peut-être a-t-il quelque chose en préparation, tout est possible avec lui. C'est un gars plutôt secret, ce qui ne laisse pas la gent féminine indifférente ! dit-il l'œil pétillant de malice. Il y a toujours tout un tas de prétendantes qui rôdent autour de lui, pourtant il semble complètement aveugle à toute séduction… Je n'ai même pas le souvenir de l'avoir vu avec quelqu'un… ajouta-t-il songeur. Quel empoté celui-là ! Par contre, dans la montagne, il est clairement dans son élément. Un vrai petit Mowgli des pitons ! C'est son terrain de jeu et de marché. Bon, faut souvent l'attendre parce qu'il repère toujours quelque chose à cueillir, un drôle de truc d'une drôle de couleur que j'aurais écrasé sans ménagement en passant et lui me dit tout le temps « attends, attends, ça va être pour assaisonner je ne sais quel ragoût ». J'adore ce mec.

— Oui, moi aussi, Augustin est super.

— Et courageux avec ça. On a partagé beaucoup de

parties de rigolade, et des moins drôles aussi…

— Comment ça ?

— Oh, c'était du côté de Trift, tu connais ? J'habitais encore la région, maman venait juste de décéder et j'attendais la fin de l'année pour décoller. Nous nous baladions près de la centrale hydroélectrique qui a été édifiée derrière le glacier pour collecter le ruissellement de l'eau. J'ai toujours été passionné par l'eau, son mouvement, sa puissance, ses transformations… C'est une petite vicieuse, elle se faufile absolument partout où elle le peut ! Bref, il faisait un temps splendide et l'air était empli de petits êtres volants en tout genre ; le Printemps venait à éclore, les fleurs sortaient de Terre, les feuilles des arbres protégeaient les oisillons à naître, des pétales volaient au moindre coup de vent en emportant du pollen frais prêt pour la conquête de nouvelles terres. Nous étions sur le pont de singe au-dessus de la vallée à apprécier la vue lorsque l'attitude en altitude d'une jeune fille nous mit en alerte. Ses yeux d'une grande sérénité se mirent pourtant à pleurer ; larmes qui eurent le don de m'exaspérer et sans avoir anticipé ma pensée, je lui dis « Il ne faut pas sauter si cela vous fait pleurer. » « Je ne pleure pas pour moi, je pleure pour vous qui restez. »

» La froideur de sa déclaration me pétrifia sur place et aucune réaction ne vint lui répondre. Alors que je sentais Augustin prêt à bondir, dans un sursaut avant le grand saut, elle plongea son regard dans le mien, me sourit et périt sans un cri. Seul le « non ! » de Gus résonna dans la vallée.

» Tournant alors mon visage vers mon complice passif, faisant de nous les otages de son passage à l'acte, je vis Gus aussi hébété que je l'étais. Trop vite, trop tard, rien n'aurait pu arrêter le dessein de ses projets. Ses larmes et son sourire sont gravés dans ma mémoire et me glacent le sang chaque fois que j'y repense. Ils avaient la froideur d'un être perdu tout à la fois résolu. Les disparus laissent toujours derrière eux l'écho de leur souffrance et ceux qui restent doivent faire avec…

— Et qu'avez-vous fait ensuite ?

— Rien. Il n'y avait rien à faire. Nous avons appelé les pompiers, j'étais un peu fébrile et Gus m'a ramené sur la terre ferme. Nous avons attendu ensemble les secours. J'étais bouleversé et en colère. Elle avait fait son choix et nous avait obligés à en être les spectateurs privilégiés. J'étais tellement en colère ! Je refusais d'être le faire-valoir de sa révérence. Et Gus a eu le bon goût de détourner mon attention, nous entraînant dans une conversation à bâtons rompus, m'obligeant à parler ce qui fut pour moi l'occasion de formuler pour la première fois tout haut mon souhait de faire ma valise et de partir. À tel point, qu'à l'arrivée des pompiers, j'étais en pleine euphorie des projets plein la tête ! Quelle cruauté, peut-être, mais pour moi c'était de l'instinct de survie et je ne remercierai jamais assez Gus pour sa réaction si positive. Je l'appelle chaque fois que je reviens dans les parages et nous partons dès que nous le pouvons pour une escapade.

Alors que sa mère avait tant combattu, il était évident qu'il pouvait difficilement pardonner à cet être qui avait partagé sa détresse avec si peu de pudeur, espérant probablement en obtenir une sympathie gratuite et facile. La sympathie et l'empathie, si elles sont acquises d'office et a priori, ne peuvent être des sentiments forcés. Mais cette jeune femme l'avait visiblement marqué plus qu'il ne l'avouait, pressentiment dont j'eus confirmation :

— En fait, cette femme était ma compagne de l'époque. Depuis une semaine…

— Je suis désolée…

— Oui… C'est comme ça. L'impuissance est une soumission indigeste. Ma mère m'a laissé en héritage le combat et le courage… Je n'étais pas fait pour accepter ce que cette femme me témoignait… Il est vrai qu'elle n'avait peut-être jamais eu autour d'elle le soutien et l'écoute dont elle avait visiblement besoin. Je n'étais dans sa vie qu'une nouveauté qui ne tient pas la distance face à des années de souffrance… Cette dernière année de lycée a vraiment été pénible ! Mais c'est également ces événements qui m'ont poussé en avant… C'est étrange. Peut-être n'aurais-je pas réagi ainsi si je n'avais pas eu ces raisons… ou peut-être que si ? Qui sait ? Oublions ça…

Mon sourire l'approuva.

— Mais tout ceci a néanmoins eu une influence sur mon rapport à l'autre car je crains toujours la fragilité de l'être à la naissance de relations fortes. Alors je m'évertue à ne jamais m'approcher d'une femme capable de tomber en amour et ne vis que des relations pour une expérimentation avec des personnes de passage sachant que chacun reprendra son chemin. Bien ou mal, je fais en sorte que personne ne s'attache et je n'ai de rapports que pour partager un plaisir fugace, mais non moins intense. Cela peut paraître futile mais si l'amour est essentiel, je ne pense pas que ce soit la seule chose qui importe. L'intimité vaut tout autant d'être partagée de la sorte et on n'est jamais aussi intime qu'avec un étranger de passage.

— Je ne te suis pas sur l'intimité…

— J'aime la vérité, la sincérité et l'authenticité qui découlent de l'éphémère. Nul besoin de perdre son temps et son énergie en mensonges ou simulacres, les gens que tu croises se contentent d'être eux-mêmes ; ils n'ont rien à cacher puisqu'ils vont s'en aller.

— Tu n'aimes que les relations superficielles ?

— Pas exactement. Je n'ai jamais attendu l'amour pensant qu'il ne se cherche pas mais plutôt qu'il me tombera dessus, le coquin, et tant que je ne l'ai pas rencontré, je profite. J'aime l'unique ou le multiple. Je veux tout ou rien. Je ne comprends pas ceux ou celles qui prétendent qu'ils ne veulent pas se marier tandis qu'ils font des enfants. J'avais eu cette conversation avec une de mes conquêtes qui m'avait dit « Ce n'est qu'un bout de papier. » Comment ça qu'un bout de papier ? lui avais-je répondu. Si ce n'est qu'un bout de papier, pourquoi ne pas se marier ? De quoi ont-ils peur alors si ce n'est qu'une formalité ? Pour ma part, c'est tout le contraire. Si je ne suis pas capable d'épouser la femme, je ne veux pas d'enfants avec elle.

» Être en couple est déjà un engagement, marié ou pas marié, se séparer est difficile. Une maison, des comptes en banque, des épargnes et des dettes, des projets, parfois un boulot… L'entourage ! Et c'est une question qu'ils ont éludée en passant directement à la conception. Au moins, la célébration est-elle l'occasion de discuter et de prendre la mesure de l'engagement et de s'inscrire dans le temps qui ne peut se faire à l'essai.

» D'autant plus que l'enfant, c'est à vie. C'est bien pire si je puis dire. Si je ne peux pas le moins comment puis-je le plus ? Pourquoi refuser le bout de papier alors qu'ils acceptent implicitement l'union à vie ? Lorsqu'il y a des enfants, la séparation est une illusion. Une interdépendance née avec cet enfant que les uns et les autres acceptent avec bien trop de légèreté, unissant le père et la mère au-delà de l'éducation, au-delà des désirs et des projets de vies… L'autre devenant le boulet que l'on traînera dans sa nouvelle existence et qui réapparaîtra au moindre événement qui surviendra dans la vie de son enfant. Sans parler de l'inégalité flagrante qui existe et que les féministes préfèrent taire, de la femme devenant sans vergogne et avec un cruel manque d'amour-propre à la charge financière de l'homme par une pension alimentaire quasi exclusivement consentie à la mère car le père, considéré optionnel, est quasi systématiquement exclu de la garde de sa progéniture !

» Sans compter qu'il faudra accepter de remettre le sort de ce bout de papier entre les mains de la mansuétude d'un juge ! Le mariage est bien plus qu'un bout de papier et je crois qu'en vérité, ils le savent. C'est juste un très mauvais argument au service de l'incertitude et de la peur, toutefois légitime. C'est pourquoi je n'ai eu que des relations sans engagement et sans enfant ! Je suis bien trop conscient des incidences.

— T'es vieux jeu sous tes airs de libertaire !

— Je veux tout ou rien…

— Il y a autant de fils amants que d'amants aimants… J'aime ton romantisme ! Alors si on joue à celui-qui-l'a-fait-avec ou celui-qui-l'a-fait-où, je vais perdre, c'est ça ?

— Il y a des chances, oui ! dit-il coquin. Ça te choque ?

— Non, je ne crois pas. Tu sais, je n'ai eu qu'une poignée de partenaires et a fortiori, tous ont été des échecs. Cinq ou cent cinquante, l'essentiel est de trouver au bout du compte.

— Oui, en effet. Enfin, cent cinquante, tu pousses un peu !

— Et une poignée, je minimise un peu ! Mais il semblerait que tu en aies été plus serein et plus épanoui que moi. Comme quoi…

— Oui, c'est mon idéal alors je l'assume. Malgré tout, j'ai bien failli me retrouver dans la situation que je dénonce… Et ce fut d'ailleurs une catastrophe !

— Comment ça ?

— Plus tard… Pour l'heure, le dîner est la priorité. Une très bonne idée de remettre ton estomac entre les mains de Gus, dit-il en changeant de sujet. Même si ça ne va pas nous aider pour ce soir… Voyons ça !

Sur ces mots, il rouvrit le congélateur où poirotaient différentes pizzas congelées, du pain, une plaquette de beurre, et dans le frigo un crumble aux pommes que j'avais acheté dans un sursaut de gourmandise. Je haussai les épaules et il fronça les sourcils. Il n'avait vraiment pas l'air content ! Tant mieux ! Pour une raison qui m'échappa, il m'énervait.

— Bon, je crois que nous avons notre dessert. Mais, hors

de question de faire des pâtes ou des pizzas ! Je suis sûre que ton four ne connaît que ça. Un rôti de veau ? De porc ? Pas même un gratin ? Je pense que l'on peut oublier le poisson !

Ma mine déconfite lui répondit. J'avoue, je commençais à avoir le rouge aux joues. Revenant sur ses pas, il regarda de plus près dans le réfrigérateur et dégota, emballées dans une barquette en carton, des tomates farcies à réchauffer de chez Augustin que nous pouvions accompagner d'un peu de riz.

— Ah, voilà quelque chose à se mettre sous la dent, de surcroît délicieux !

Sustentés jusqu'à satiété prit tout son sens, et je nous servis un petit verre d'armagnac pour nous aider à digérer.

Réinstallés devant la cheminée, nous profitâmes de la digestion avec un air béat sur nos visages, les mains d'Ulysse toujours encombrées du museau de Destinée qui ne tarda pas à réclamer.

Ulysse se saisit de nouveau du bouquin posé sur le guéridon à côté de lui.

— Tu l'as déjà lu ?

— La Chartreuse de Parme ? Non, mais je connais quelqu'un qui n'en a pas lu la fin ! me répondit-il mystérieusement.

— Comment ça ?

— Une sacrée histoire celle-là ! C'était au bac de français. Nous avions été envoyés à perpète dans une autre circonscription car les bâtiments qui devaient nous accueillir avaient eu un problème d'inondation. Quoi qu'il en soit, nous nous sommes retrouvés dans ce lycée. Pendant que je préparais ma présentation, une jolie jeune fille faisait un exposé assez exalté sur ce livre, la Chartreuse de Parme. À ce point captivant, du reste, que je ne prêtais plus attention à mon propre sujet sur lequel je devais plancher pour écouter, amusé, son enthousiasme. Alors que l'examen touchait à sa fin, l'examinateur satisfait à juste titre par son excellente analyse, lui posa une ultime question sur le titre, justement, de l'œuvre ; la Chartreuse de Parme. Là, immédiatement, je sentis le malaise de la jeune fille qui bredouilla une pathétique réponse commençant par signaler que Parme est une ville italienne, certes, façon d'enfoncer une porte ouverte et de gagner du temps ; j'eus même le sentiment qu'elle hésita à évoquer le jambon ! Et au professeur de demander « Et la chartreuse ? ». Un long silence s'ensuivit qui parut bien plus long pour l'étudiante dont je ne voyais que le dos, mais que je savais contrite. Après quelques minutes de gêne, le professeur finit par lui demander de lire la dernière page du livre et au son de sa lecture, nous apprîmes que la chartreuse est un monastère !

Sur cette dernière phrase, Ulysse éclata de rire

— Je me suis toujours demandé d'où elle pouvait bien sortir pour être aussi érudite sur un roman dont elle ne connaissait ni le titre ni le dénouement ! Tu sais ce qu'il m'a dit lorsqu'elle est partie ?

— Non, dis-je un peu inquiète de la réponse.

— Voilà une jeune fille qui ne manque pas de piquant !

— Voilà une histoire qui ne manque pas de piment !

Nous nous sommes regardés un long moment en silence. Sentant le frisson me parcourir, Ulysse se leva et posa le plaid sur mes genoux, son sourire ne quittant plus mon visage m'obligeant à détourner le regard.

— Bon ça va, ça suffit maintenant, arrête de sourire !

Ce qui le fit éclater d'un rire franc et sonore emportant le mien avec.

Les poteaux en clef de sol ou en clef de fa
Accord majeur ou bien mineur, tiennent-ils le la ?
Étourneaux en parodie, est-ce un mi, un si ?
Nul ne le sait, eux seuls connaissent la mélodie.

Noires, croches et rondes s'alignent sur le fil de la partition
Leur gazouillis s'envole réchauffer les passions
Résonne dans la vallée, peut-être un do bémol
Pour le bonheur des malchanceux restés au sol.

Nul doute qu'est le bonheur d'écouter leur fadaise
À travers l'espace se répandent leurs fa dièse.
Chacun s'entend, forme le chœur de l'infini
Dans le ciel au loin se dessine une harmonie.

Adélaïde – Poupée de Chiffon et Trognon de Pomme

La blanquette de veau est un délice à mon palais. Le riz croquant baigne dans la sauce épaisse clairsemée de petits filets de jaune d'œuf ; la viande tendre, cuite comme un ragoût, se défait avec le dos de mon couteau. Voilà un plat que j'aimerais savoir concocter pour ma petite chérie. Il faudra que je demande la recette à Augustin, maintenant que le temps s'offre à moi.

Le brouhaha de la salle est un ronron qui berce mes oreilles. De temps à autre, des bribes de conversations me parviennent mais peu de discussions atteignent ma compréhension. Je reconnais les habitués, quelques habitants de la vallée et des inconnus arrivés là au gré de chemins insondables, poussés par un frigo vide ou une envie subite de poulet au curry.

Une tablée de costards-cravates jouxte la nôtre ce qui n'échappe pas à l'attention nerveuse d'Adélaïde. Autant Aglaé est attentive aux ragots en tout genre sans intention particulière si ce n'est assouvir sa curiosité, autant Adélaïde scrute l'assemblée à l'affût de quelques concurrents à espionner et d'informations à exploiter.

Contrairement à Noée, toujours en manque de reconnaissance et prête à signaler à qui veut l'entendre qu'elle est « femme de », Adélaïde est une personne pleine d'assurance, forte et volontaire, qui se suffit à elle-même. Elles ont néanmoins pour point commun l'apparence. Quand Noée est une beauté coquette dictée par son statut d'épouse de son mari, Adélaïde est toujours tirée à quatre épingles pour revêtir dignement l'allure de la femme d'affaires. Je reconnais immédiatement dans la prunelle de ses yeux cette étincelle, cette excitation qui vous vient lorsque vous êtes en charge d'une mission. L'effervescence intellectuelle, l'alchimie électrique provoquée par la triple alliance des ions que sont la réflexion, l'action et la réaction.

Adélaïde est une grande avocate mais pas seulement ; c'est un ténor du barreau. Sa vocation, elle l'a eue toute petite lorsque nous avons assisté à une scène qui bouleversa notre vision du monde.

À cette heure matinale, le village ouvrait ses portes, levait ses rideaux et allumait ses fourneaux. Les mamans déposaient des baisers sur les visages de leurs petits avant de les confier à la maîtresse d'école, et le facteur passait sur sa bicyclette, ses sacoches pleines de lettres.

Dans la rue, les aboiements d'un baryton, si lourds, si puissants, retentirent en écho aux pleurs cristallins d'un bambin, si fluets, si stridents, précédant un silence que nul n'aurait voulu entendre. L'instant d'avant, les bras gesticulants jouaient au marionnettiste ; au bout de sa paluche, un loustic aussi gros qu'un moustique se désarticulait. Soudain, un coup si fort que le hurlement resta dans son corps. Géniteur de sa naissance, prédateur de son enfance, la tête dodelina puis plus rien ; plus rien ne le tint que cette pogne grossière sur ce cou gracile avant qu'elle ne le relâche sans égard. Hagard ; l'œil s'éteignit sur ce pas qui s'en retourna sans un regard.

Combien de lâcheté faut-il pour jouer au marionnettiste ? Dans la rue, un chœur muet ; d'aucuns n'auraient souhaité accompagner ce baryton-là. Le spectacle épouvantable de ce petit être à terre, dont l'innocence venait de monter aux cieux sous nos yeux, est resté gravé dans la mémoire collective du village ; et une vocation était née pour que plus jamais. Des sacerdoces naissent parfois de façon quelque peu fortuite.

Tout juste un p'tit d'homme parfois polisson
En quête de la caresse paternelle qui s'prend pour
l'patron
En quête du baiser maternel, c'est vrai un brin poltron
Candide à croire aux leçons.

Tout juste un mignon p'tit fripon
Entre les mains d'un amateur de baston.
Nul besoin d'une raison,
Lancé en l'air ; c'est le vol du baluchon.

C'était un gentil p'tit gai luron,
Plein de vie, d'envie, c'est vrai, souvent fanfaron,
À qui le monde devra pour toujours son pardon
À jamais face contre Terre ; une poupée de chiffon.

Au-delà de la défense de la veuve et de l'opprimé, nous avons pris pour cause les violences faites aux femmes et aux enfants ; et nous sommes engagées à faire savoir une évidence, l'infanticide et le féminicide sont des crimes contre l'humanité, pour le moins au sens littéral du terme. De ces promesses que l'on fait à soi-même. Mais, quand pour beaucoup elles tombent dans l'oubli, Adélaïde est allée au bout de sa décision, c'est sa mission.

Adélaïde est une force de la nature et s'est forgé un caractère rigide ; elle est la plus binaire d'entre nous. Elle se connaît parfaitement et son engagement ne connaît ni limite ni modérateur. D'un caractère faussement calme, elle est nerveuse et terrifiée par l'imprévu. Elle incarne sa cause et disparaît totalement derrière elle ; et les hommes et les femmes n'entrent dans sa vie que comme les éléments d'un échiquier à contrôler. C'est une protection pour elle-même, comme pour eux.

Reconnue dans la profession comme collègue émérite,

vive d'esprit, très grande oratrice, elle démontre une assurance à toute épreuve et jamais ne fléchit. Elle a le cuir dur et sait faire le dos rond.

Elle, comme moi, avons dû batailler contre le mensonge et la calomnie, déjouer les coups montés et les coups bas, rester sourdes aux ricanements et démonter la mauvaise foi ; ignorer les postures outrageantes et les commentaires acerbes, les menaces et les tentatives d'intimidation nous renvoyant à notre condition féminine toute préhistorique. Et pourtant ! Nous ne prônions pas l'égalité des sexes, nous sommes trop différents pour cela. À chacun sa place selon ce qu'il est, sans même se définir que par son sexe, la question est bien plus complexe. À tout le moins, nous réclamions le respect, terme bien trop souvent galvaudé pour avoir encore une signification, et la reconnaissance pleine et entière de celui qui perd au bras de fer ; et de sa protection sans concession. Aussi lourds soient mes seins, jamais ils ne me protégeront de son poing.

Pour ma part, j'ai accouché de mon rêve et je l'ai tué. J'ai connu cette arrogance qui vous fait parler avec sagacité dans la voix ; cette assurance dénuée de toute passion, lourde du poids de la suffisance d'une responsabilité qui vous incombe. Se croire indispensable. Le blazer blasé face à l'interlocuteur qu'il dénigre, en pointant du doigt narquois son incompétence par un propos prononcé avec plus d'articulation et au débit exagéré, croyant faire la démonstration de sa maîtrise supérieure d'une activité complexe quotidiennement exécutée, et de sa force à gérer l'anxiété qui en découle ; manipulant le verbe avec brio en toutes circonstances jusqu'aux questions les plus anodines du lundi matin : « comment ça va ? » en le gratifiant d'une réponse se voulant judicieuse et pleine d'esprit, et feindre le détachement par un laconique « comme un lundi ! ».

Ce travail, je l'ai idéalisé, fantasmé puis démystifié. Au-delà de l'évidence que l'avocat ne défend pas que l'opprimé, il est parfois même difficile de savoir qui est l'innocent et de se perdre en conjectures qui vous éloignent de la vérité. J'ai fini par me fourvoyer dans les méandres d'affaires glauques, où la victime était tantôt bourreau tantôt passive, ne parvenant plus à distinguer le vrai du faux, à la merci d'un système qui m'empêchait de choisir mes causes, jamais en accord avec les peines, toujours coincée par l'absence de solutions, quand je ne voulais apporter que soulagement et justice. En fait, j'aurais peut-être dû être médecin ou psy. Mais, même là, j'aurais fait fausse route ; je ne voulais pas réparer mais anticiper, faire en sorte que « plus jamais ».

Et j'ai perdu la foi. La foi dans mon engagement et mes convictions, la foi dans ma capacité à agir et à changer les choses. Parce que c'est bien de cela qu'il s'agit : faire évoluer la société vers un monde meilleur.

Combien de millénaires d'évolution nous faudra-t-il encore pour le comprendre ? L'obligation première que l'homme se doit de protéger la femme et l'enfant est un devoir connu de chacun depuis la nuit des temps. Non pas un devoir d'ailleurs mais un instinct. Un instinct primaire de tout être vivant de protéger son existence. Les animaux le savent. La Nature le sait. Où l'Homme s'est-il perdu ? Quand ? Qu'avons-nous fait de cet instinct essentiel ? Si nous n'en prenons pas soin, nul besoin de s'étonner de la fin. Et pourtant ? Nulle découverte en ce domaine, nulle révolution à explorer. Juste appliquer ce que l'on sait depuis la nuit des temps : Les femmes et les enfants d'abord ! Comment peuvent-ils l'oublier si aisément ? Même le plus petit des êtres, même le plus bête, le sait. C'est peut-être cela qui me choqua le plus. Cette faculté à faire fi de l'évidence, sans même s'en cacher, sans même avoir honte, juste en haussant les épaules. J'étais choquée au sens premier du terme. Choquée par tant de lâcheté, choquée par tant de sarcasmes alors que la cause est grave et les conséquences imminentes.

Non, non, et non ! Tout cela n'était pas pour moi. Je n'ai pas supporté et encore moins la médiocrité de sa portée.

Un haussement d'épaules. C'est sur un haussement d'épaules que j'ai cessé lorsqu'un jour, je demandais au juge « ne pensez-vous pas qu'après vingt mois de captivité, le remettre en liberté sans surveillance à proximité de sa voisine est une insulte à la détresse de la victime qui n'aura pas assez de toute une vie pour se réparer ? Que c'est une atteinte à la vie dans ce qu'elle a de plus universelle ? Vous exigez la proportionnalité de la défense, en omettant de constater que l'attaque crée d'office un déséquilibre, mais que faites-vous de la proportionnalité de la condamnation face aux dommages causés ? Le coupable a des droits mais la victime a des besoins de réparation et de protection. Prenez-vous seulement la mesure des dommages causés ? Sans compter que, n'est-il pas tout aussi condamnable de constater que les méthodes ne correspondent visiblement pas au problème et de passer outre, perpétuant ainsi des dysfonctionnements dans des domaines où le taux de récidives est plus qu'explicite ?... » Je crois que c'est « dysfonctionnement » qu'il n'a pas aimé. Vous imaginez bien que je n'ai pas pu finir et n'eus pour seule réponse qu'un haussement d'épaules !

Les mots me manquèrent, les arguments, le sang-froid, tout m'échappait. J'en avais le tournis et avant de pleurer sur cette société qui recule sans scrupule, je ne pus que m'exclamer « connard ! ».

Quelle qu'ait été la justesse de mon propos, il suffit d'un seul mot pour le réduire à néant et eut pour seul effet auprès de la gent masculine, à quelques exceptions près, d'en déduire que je n'étais qu'une écervelée hystérique incontrôlable. J'avais desservi ma cause. J'étais effondrée.

C'était un de ces beaux jours d'Automne. Lorsque je sortis les yeux embués, l'air me piqua le bout du nez et réveilla mes narines. Le Soleil toujours puissant à cette heure de début de soirée, rasait les murs grisâtres, traversait les branches des arbres dénudés, arrosait la ville de rayons mordorés accentuant le contraste des feuilles mortes terrassées, beauté saisissante de tout ce qui dépérit ; et le ciel bas, bleu électrique, était peuplé de mille nuances. Nulle beauté comparable en d'autres saisons. Le cœur gonflé de mépris et de colère, ce jour-là, je compris qu'il était temps pour moi d'abandonner.

L'évidence ! Comment ouvrir les yeux d'un aveugle sur l'évidence ? Mais je ne pouvais cesser sans un dernier coup d'épée de révoltée par cette lettre adressée à un Président Tout Puissant :

Sidération Paralytique

Croyant que mes seins vaudront ses poings
Quand ils se rencontrent, c'est mon cœur qui prend fin
Proportionnalité et concomitance
Telle est à vos yeux la légitime défense.

La douleur indescriptible et la peine irréversible
Subissent l'affront du crime prescriptible et de la sentence compressible.
Par l'offense d'une intimité,
C'est la condamnation de la féminité à perpétuité.

Homme de loi et de justice, garant de la dignité
Est-ce ainsi que vous protégez l'humanité ?
Condamner tel un voleur de pomme
Telle est la justice des hommes.

L'obstination d'Adélaïde lui donne le courage de foncer tête baissée sans se soucier des ricanements et des coups d'épée.

Son abnégation force mon respect. Elle ignore tout de sa propre personne, reste sourde à ses blessures, refuse de vivre et n'apporte aucune importance à son bonheur tant que le monde tournera ainsi. Oh, combien je l'admire !

Saisie de ses convictions, Adélaïde fait preuve de pugnacité, jamais ne faiblit même si parfois la rage l'envahit. Le sens du sacrifice. Adélaïde n'existe que par sa tâche. Dévouée à la société, victime de son ingratitude, elle est néanmoins portée par les quelques âmes reconnaissantes bien plus puissantes que tous les ignorants. À ses côtés, je ne suis que transparence sans importance. Son métier est une exigence plus dure qu'une drogue qui ne cessera que lorsque les hommes n'utiliseront leurs poings que pour pétrir le pain. Je crois que ce ne soit sans fin.

Les nuits raccourcissent, les jours s'affolent, les heures défilent à son compteur l'enfermant dans une existence austère n'ayant plus le temps de rien. Elle ne connaît pas les week-ends, les soirées ou les matinées, les petites ou les grandes vacances, et encore moins les repas sans téléphone. Une vie à l'image de sa carrure, carrée, façonnée par des heures de sport à outrance, trois heures quotidiennement qui accentuent ses courbes rectilignes ; trois heures pour un temps défouler son esprit en s'acharnant sur son corps ; trois heures pour faire subir à son corps toute la frustration et l'impuissance que son esprit ne peut plus endurer. Encore et encore. Drogue indispensable, adrénaline incontrôlable.

Certes, au fil des ans, sa rectitude envers toute chose l'a gagnée, mais elle ignore sa peur et parle au nom du plus grand nombre muselé et pétrifié par l'*establishment*. Merci, Adélaïde, de ne pas abandonner. Ce sont des femmes comme toi qui créent l'avenir. Et depuis, la loi a changé, et je sais qu'elle y a contribué.

Je l'admire car dans une société où le succès est ouvertement perçu comme l'acte égoïste par excellence, où l'excellence est condamnée car suspecte, avec pour seul objectif présumé et pervers l'accumulation de richesses, le travail reste pour moi un accomplissement de soi, une satisfaction intellectuelle de sentir ses méninges fonctionner, raisonner, grésiller jusqu'à son achèvement, la fierté d'un devoir mené à son terme, d'une évolution par la progression. Il n'y a pas de sot métier. Mais combien de métiers pour les sots ? Ceux qui préfèrent déléguer, non pas pour transmettre un savoir mais parce qu'ils ne savent pas faire, sans même avoir essayé ! Le sens de l'engagement, de la transmission du savoir, comment en est-on arrivé à dénigrer la responsabilité et le labeur ? L'engagement des uns met en évidence la médiocrité des autres, et attise leur animosité. Et plutôt que de les enjoindre à agir, on excuse leur faiblesse en les laissant à leur inaction, victimes qu'il ne faut surtout pas bousculer, partisans du moindre effort qui préfèrent s'enliser dans l'ennui sans voir que là est l'origine de leur mal-être. La société devient un magasin de porcelaine dont on chasse les éléphants.

Le travail d'une journée bien remplie, aussi difficile soit-il, procure un apaisement et participe à l'estime de soi. Se coucher fatigué et satisfait, voilà la recette du sommeil du juste.

Je n'ai pas pu m'y résoudre. Je m'éteignais et me faisais envahir par l'amertume et la colère, une colère noire, rampante, pleine d'aigreur et de désarroi. Le monde des Hommes s'obstinait dans ses bassesses et la facilité, et moi je sombrais dans la dépression de l'impuissance. Face à la frustration qui envahissait mes poumons et m'empêchait de respirer, la leucémie n'était qu'un doux ruissellement qui chatouillait mes veines.

Au moins ai-je eu la chance de le saisir et de l'empoigner à bras le corps. J'ai pu l'avorter avant de me faire dévorer.

Alors il a fallu me reconvertir. Mais, si je savais ce que je ne voulais plus, je ne savais pas pour autant ce que je voulais. La question restait entière et mon avenir incertain. Et j'ai cédé puisque je ne pouvais rien changer.

Je me suis résignée à accomplir une tâche sans ambition, sans envergure, me contentant du minimum et j'ai fait plusieurs tentatives qui se sont toutes soldées par des démissions lorsque je cédais à la routine du dodo, métro, boulot, qui me happait passées les premières saisons. Comment font tous ces gens pour suivre ce rythme toute une vie ? Toujours les mêmes heures, toujours les mêmes gestes, se lever, se laver, s'habiller, puis le même transport, le même trajet, encore à la même heure, avec ces passagers que l'on finit par reconnaître, presque à connaître pour peu que l'on prenne le temps de les observer ; leurs habitudes vestimentaires du lundi au vendredi, leurs lectures, leurs musiques toujours trop fortes dans leurs oreilles, parfois une conversation douceâtre pour un au revoir à un amant, une explication sèche avec un époux, pour certains des enfants accrochés au bout de leurs bras fatigués. Certains haletant et tout transpirant, d'autres nonchalants parfaitement adaptés à leur rythme allant jusqu'à optimiser leur trajet pour finir de se préparer avec un trait de rimmel et de rouge à lèvres étalé par une main experte indifférente aux secousses. Et toutes ces journées qui se succèdent inlassablement et que l'on partage avec des collègues que l'on côtoie bien plus que ceux que l'on aime !

Au moins, en partant, je provoquais une rupture dans le cycle infernal, dans cet enchaînement de journées si prévisible qui me fatiguait dès le réveil. La lassitude m'annihilait si vite !

Les années passaient, mes échecs s'accumulaient, m'éloignant un peu plus de la réussite ; la recette du bonheur. Pas de carrière, pas de mari, pas de marmot, pas de demeure. Toujours pas de sagesse.

Comme le temps se perd alors même qu'il ne se possède pas, je décidai de cesser de le perdre à gagner ma vie, comme dirait l'autre. Ne restait qu'à trouver une activité qui non seulement me plairait mais m'épanouirait, celle qui me ferait me lever le matin avec enthousiasme. Ayant une certaine accointance pour le travail manuel, je repris mes études avec un CAP ébénisterie dans le but de m'établir un atelier, avant qu'un contretemps ne me retienne...

Il est évident qu'aux yeux d'Adélaïde, cette activité ne pouvait être autre chose qu'un *hobby* qu'elle dénigrait avec une pointe d'arrogance. Mais comment lui en vouloir ? Elle y avait bien droit et le lui concédai volontiers.

— Et à part ça, Anaïs, tu fais quoi ?

Pourquoi faudrait-il toujours faire autre chose ?

Oh et puis zut ! Aujourd'hui, je m'en fiche. Je suis en rémission ! Depuis aujourd'hui, je sais que c'est du passé. Rémission. Un mot si longtemps attendu, un soulagement après tant d'années de combat. Un simple mot qui change tout. À présent, je peux me reposer, me soulager, respirer sans apnée ; je suis en rémission. Plus de pilules, plus de rendez-vous, plus d'examens, plus de piqûres ; plus de nuits blanches, plus de blouses blanches ; plus de douleurs, plus de fleurs, plus de peurs ; plus de sourires contrits ; plus de cris. Plus de petits mots, plus de grandes prières, plus d'infirmières ; plus d'impatiences, plus de silences ; plus de croûtes, plus de doutes.

J'accède à l'apothéose de ma vie, une forme de complétude ; atteindre le paroxysme réside chez moi en la victoire de ce combat que je menais et dont l'enveloppe à fenêtre transparente venait de me libérer. Le combat est gagné ; la maladie a cédé.

Et tout à coup, une question l'air de rien : Pourquoi les gens se lèvent-ils le matin ?

Mon assiette convenablement saucée, j'appelle Augustin.

— Je vois que la blanquette de veau a eu son succès et que l'appétit est retrouvé !

— C'était un délice ! Mes compliments au chef !
— Je n'y manquerai pas. Dessert ?
— S'il te plaît, oui.

Il eût été si beau d'être hirondelle.
Si petite et si forte, elle vole à perdre haleine
Si endurante, refuse l'inertie de la baleine.
J'ai avec moi le goût du ton rebelle

Il eût été si beau d'être hirondelle.
Celle qui migre sans cesse, remonte le courant
Jamais ne recule, ne se soucie des bien-pensants,
Rejette obstinément l'aveuglement couleur pastel.

Est-il si beau d'être hirondelle ?
L'oiseau oisif la moque sur son récif,
Le piaf passif s'esclaffe juste sous son pif.
Pauvre hirondelle que j'abandonne à tire-d'aile.

Est-il si beau d'être hirondelle ?
Au commencement, plusieurs font l'événement
Le temps passant chacun reprend ses ailes ;
Elle est bien seule à faire le Printemps.

Sur le Fil Charmant du Temps

En pleine digestion, alors que nous étions affalés sur le canapé devant la cheminée, Destinée s'agita, comme à chaque fois que s'installe l'obscurité, exacerbée par le vent, et la neige recommença à tomber avec plus de force et de virulence qu'elle n'en eut dans toute la journée. Cherchant du réconfort, Destinée se blottit un peu plus contre Ulysse plongeant sa tête dans le creux de son bras. Ulysse, sensible à son désarroi, la caressa et lui murmura « tout va bien, ma belle » ce qui eut pour effet de relever ses babines, abaisser ses paupières tout en le gratifiant d'un coup de langue sur le dos de la main.

Je sentis une pointe de jalousie m'envahir ne sachant si elle s'adressait à ma chienne qui préférait se rassurer auprès d'Ulysse plutôt que de moi, ou à la main d'Ulysse tout attentive au museau de ma chienne.

— Bon, et à part tes multiples conquêtes qui devaient bien te distraire, comment occupais-tu tes journées ? lui demandai-je feignant l'indifférence mais tout aussi curieuse.

— Pendant longtemps, ça a été la photographie. J'ai toujours eu une passion pour ça, me répondit Ulysse tandis que son visage s'intensifiait et que ses yeux se voilaient. Et, en toute modestie, je n'étais pas mauvais. J'ai exposé et récolté quelques prix.

— Tu faisais des photos de paysages, des visages ?

— C'était plutôt des photos de situations. Je cherchais à raconter la vie des autres à travers les mondes et leurs cieux ; rencontrer leur destin, témoigner de leurs existences, rapporter leurs petits et grands événements, partager leurs essentiels. Un point de vue, rendre hommage à un vécu ; me mettre en perspective.

» Mais, comme souvent, c'est une rencontre qui m'a permis de concrétiser ce projet. Et moi qui étais plutôt solitaire, j'ai découvert ce qu'était de travailler en binôme. Ou du moins avec Piotr. Piotr était le meilleur compagnon de route que j'aurais pu espérer. J'ai eu beaucoup de chance car j'ai pu combiner toutes mes passions et assouvir mes envies de voyages et de rencontres, plus que je n'aurais pu l'imaginer. C'est vraiment ce qui a contribué à ce que je m'investisse autant dans cette activité car, en vérité, la photographie n'était qu'un prétexte. Nous traversions les océans, surfions sur les continents, toujours le sac au dos sans jamais vraiment chercher ; une direction plutôt qu'une destination. Une rencontre fortuite, un accident opportun étaient une halte en chemin…

» Un binôme, c'est plus qu'un collègue, un conjoint, ou un frangin. On dort, on mange, on travaille ensemble. On vit ensemble. J'étais l'œil silencieux, discret, attentif, le visage caché ; Piotr était le sourire avenant, la parole rassurante, il avait le pouvoir de mettre tout le monde en confiance. Alors qu'il avait tant de mal à parler de lui, il parvenait à mettre à l'aise le plus renfermé des interviewés. Il dégageait un magnétisme, suscitait la curiosité des femmes qui s'avançaient sans avoir à aller les chercher et l'attention des hommes qui se confiaient sans avoir à les provoquer. Imagines-tu son talent ? Loin d'être des charmeurs, nous étions « les charmants ». Et il était la plume. Une aubaine pour moi. Ma préférée est la photo d'une femme que j'ai prise et qu'il a accompagnée de ce texte :

La Pêcheuse d'Étoiles

Un bébé dans le dos
Sur votre tête, un seau d'eau.

Vos pieds soulèvent la poussière
Quand, au petit matin, vous allez droite et fière

Dans vos bras, du bois en fagot
Dans votre ventre, un marmot.
Derrière la fatigue, timide, un sourire
Vous subissez sans faillir.

Dans votre main, le bâton du pèlerin
Bras tendus vers le ciel pour un festin
Hier encore, vous étiez exsangue
Aujourd'hui, vous attrapez une mangue

Dans les yeux, une lueur, un secret.
Pêcheuse d'étoiles,
Oserez-vous rêver
De hisser la grand-voile ?

— Je sais conduire mais je n'ai pas le permis, alors c'est lui qui était au volant et je le dirigeais en même temps que je photographiais. Nous étions très différents et c'est ce qui faisait notre force. Rien ne pouvait nous arrêter.

— Que s'est-il passé ?

— Il s'est passé un camion. Sur une route de chez nous, à 500 mètres de chez lui. C'est bête. Une mort à la Coluche, un accident comme il y en a tant d'autres. Tu me diras, les accidents sont toujours bêtes. Dès lors, la photographie a perdu tout intérêt. Un regard sans égard, une image sans panache, j'avais besoin de Piotr et des confidences de nos interlocuteurs pour donner du relief à la scène. C'est là que j'ai compris que ce qui me plaisait tant c'était notre duo plutôt que la photo. Le voir à l'œuvre, écouter les gens s'ouvrir à nous, être dans l'intimité des confessions les plus inavouables, donnent une perspective très différente du monde dans lequel on vit.

» Aux quatre cardinaux, à terre ou sur l'eau, des plaines aux crêtes les plus élevées, nous aimions nous installer plusieurs mois dans un village reculé d'un territoire éloigné pour prendre le temps de discuter avec les villageois, vivre leur quotidien pendant toute une saison au moins. Souvent, ils n'avaient pas d'électricité, marchaient plusieurs heures pour puiser l'eau d'un puits ou vendre leurs récoltes sur le marché ou leur pêche du jour. Ne te méprends pas à t'extasier sur le visage de la pauvreté que nous trouvons toujours si beau sur des clichés en noir et blanc. Dénués des rondeurs grasses d'un corps nourri d'aliments enrichis aux vitamines douteuses, ces visages ont le sourire de la joie de vivre, mais ce n'est que beauté folklorique si tu occultes l'autre facette ; à la merci des caprices de la météo qui peut tout vous donner et tout vous reprendre en une fraction de seconde, faisant de nous les fourmis que nous sommes. Leur joie de vivre est une force qui contraste avec leur vulnérabilité face aux éléments et qui suscite le respect. J'aime ces hommes et ces femmes qui, même dans le plus grand désarroi, font preuve de coquetterie, prennent soin de leur apparence comme un point d'honneur, la politesse la plus élémentaire qu'ils offrent à leur interlocuteur en revêtant de jolies parures, de jolies tenues, de jolies coiffures et surtout tellement de couleurs !

» Avant, je croyais que l'école représentait un calvaire pour tous les enfants de la Terre, qu'aller à l'école c'est comme manger des épinards, ça fait des moutards geignards. Mais il n'y a pas de fatalité. J'ai découvert que cela n'était vrai que chez nous et qu'ailleurs, les enfants y vont à pied, à vélo, en barque parfois pendant des heures, de surcroît avec excitation, parfois en courant, les yeux pétillants de curiosité. Ils fournissent véritablement un effort pour y avoir accès quand nous, nous les harnachons grognons à un siège auto en leur disant « bouge pas ! ». Tout le monde le sait chez nous, on nous a rebattu les oreilles sur les conditions difficiles d'accès à l'éducation, un cahier pour cinq, des classes de cent cinquante élèves, des heures de marche pour aller s'instruire… Ce ne sont pas que des mots, c'est une réalité.

» Il est si facile de s'instruire chez nous et pourtant l'enthousiasme a disparu ! Inlassablement, à chaque rentrée scolaire, nous revenons toujours sur les mêmes questions à savoir s'il est bien raisonnable de faire lever les élèves à l'entrée du maître, si un jour de congé en moins ne sera pas trop fatigant et si travailler le mercredi matin plutôt que le samedi sera traumatisant pour nos chers bambins qu'il ne faut surtout pas bousculer dans leurs habitudes, perdant par là même toute faculté d'adaptation. Et nous laissons nos enfants geindre, se plaindre, cédons à leurs caprices, étouffant toutes émancipations parce que c'est dangereux, il faut faire attention, surtout ne pas aller trop vite, surtout ne pas improviser, vous avez pensé à la sécurité ? Et à la prévention ? C'est une obligation, il faut faire attention ! Et on oublie de leur donner l'essentiel : des projets, des rêves d'avenir et surtout le goût du risque pour tenter l'impossible avec un maximum d'outils pour s'y atteler. Tu verras qu'un jour nos enfants réclameront un salaire que nous envisagerons de leur verser en oubliant que s'instruire est un privilège et s'éduquer un devoir.

» Pendant ce temps, les enfants de là-bas courent sur les routes du savoir, rêvent d'être instituteur, docteur en médecine ou en droit, grand poète ou musicien, architecte peut-être ; construisent leur vie d'adulte des idées plein la tête.

» Le contraste est saisissant et ne donne pas envie de revenir.

» Il est vrai qu'il faudrait un juste milieu mais en attendant ces enfants grandissent courageux, valeureux et tellement plus débrouillards. J'admire leur détermination et leur endurance, leur curiosité, leur envie et leur soif de vivre ! Toujours chercher à se faciliter la vie sur des sentiers balisés n'est clairement pas la solution ; le partisan du moindre effort annihile toute ambition. Et notre peur de l'échec surpasse notre désir de réussir.

» Et les bêtes de là-bas, d'une génération préhistorique aux muscles saillants, le poil hirsute mais à la chair tendre et juteuse, n'ont rien à envier à nos animaux élevés aux pesticides et aux antibiotiques, ressemblant plus à des peluches avec leurs oreilles arrondies, leur poil luisant, et leurs dents blanches dont la chair étouffée par la graisse n'a pas plus de goût ni de saveur que du papier mâché. Mille ans les séparent. C'est bien beau le bio, mais ça ne nous fera pas remonter le temps et ce qui a été corrompu ne peut plus être. Les OGM ont fait de nos bêtes des animaux domestiques et non plus comestibles. Les herbivores devenant carnivores, comment s'étonne-t-on encore de devenir végétarien ? Et l'on prétend vouloir nourrir la planète avec ça ?!

» Bref… Avec Piotr, nous partagions notre expérience d'un même moment. Grâce à lui, j'avais le sentiment d'avoir, moi aussi, parlé à ces gens ; la fusion faisait de nous un seul et même élément. Une fois Piotr disparu, je me retrouvai seul avec mon objectif et je me rendis compte qu'étrangement, à chaque cliché, je brisais l'instantané, n'agissant que dans la perspective du suivant ; le souvenir. Et puis, il est évident que l'autre ne peut se comprendre à distance ; m'en approcher mais pas trop, observer mais pas trop… C'était un leurre. Sans Piotr, la photo perdait tout son sens. Je ne regrette pas, au final je suis bien content d'avoir ces portraits, ces scènes de vie, néanmoins ce n'est pas là que l'autre se trouve, mais bien dans la légende qui l'accompagne. Mon regard cherchait la vérité de l'autre, parfois laide, parfois belle, peu importe tant que c'était la sienne.

» Tu sais, je ne savais rien faire d'autre que de l'accompagner. Et puis, c'était de bon aloi, t'as dû remarquer comme j'aime parler.

— Sans blague !

— Alors, petit à petit, j'ai laissé mon appareil dans son étui pour ne plus casser l'unité, me poser sans me camoufler, contempler le moment sans l'arrêter, le graver dans ma mémoire plutôt que de tenter de figer sa meilleure représentation sur un support périssable qui ne sera jamais à la hauteur du mémorable. Et plus que voyager, j'ai continué, un peu, à vagabonder sans jamais végéter.

» Avec le décès de maman, et peut-être un peu celui de cette femme sur le pont de singe, j'avais eu besoin d'aller au-devant de mon avenir pour laisser derrière moi l'avant ; avec la perte de Piotr, j'ai eu besoin de densifier mes blessures pour oublier la seule qui m'obsédait.

» Tu sais, je ne suis pas quelqu'un qui se laisse aller. J'ai besoin d'action, d'être dans le mouvement, certes parfois sans boussole mais toujours porté par Éole !

» Sur ce chemin, c'est vrai, ma vie partait dans tous les sens. Mais quel délice ! Des cercles polaires à l'équateur, j'explorais sans grande logique, au gré de la spontanéité de mes envies, développant un goût inavoué pour le risque.

» J'ai tenté et je suis allé au bout des fantasmes de ma vie hors-piste. Et puis, j'ai un peu délaissé l'autre pour mieux explorer la solitude et suis parti en Amérique du Sud, dans la cordillère des Andes pour me concentrer sur le temps et les champs. Déambuler à travers le paysage vert et molletonné du bofedal, admirer l'azorelle, ces petits coussinets moussus plantés de multiples petites ombrelles jaunes me fascinaient depuis tant d'années ! J'ai pu également assister et participer à une chasse au chacou, un animal réputé aussi indépendant que le dauphin bleu et blanc qui ne se laisse ni capturer ni dompter ; l'homme le chasse pour la laine puis le relâche. Et j'ai réalisé un bon nombre de frasques, pêle-mêle sur les traces d'Alain Mesili à travers le désert de sel et Philippe Reuter en Patagonie. À cette occasion, j'ai éprouvé les paroles d'Hermann de Keyserling « Le plus court chemin vers soi conduit autour du monde. » Mais, surtout, j'ai pris conscience de l'importance de prendre le temps et de le ralentir. Et lorsque j'ai eu le sentiment d'avoir fait le tour, je suis revenu.

» Loin de correspondre à mes besoins que j'ai toujours ignorés, mes fréquentations s'apparentaient à mes caprices ; j'étais sourd à tout entendement. Je ne crois pas avoir choisi quoi que ce soit, c'est la concomitance des événements qui a fait de moi ce vagabond ; et j'appréciais. J'étais vivant.

Je regardais ce profil aux traits tirés et sentais toute la tension que cette conversation avait fait ressurgir. Piotr avait été indubitablement une perte douloureuse pour Ulysse. Certes, maman était morte quand j'étais petite et souvent elle me manque, c'est indéniable, mais papa est là. Jamais je n'avais connu la perte qui vous oblige à vous réinventer, celle qui remet les compteurs à zéro, celle qui vous fait perdre le Nord. Encore aujourd'hui, je peux ressentir toute l'intensité de son regard. Il avait vécu bien plus que je ne le pourrai jamais. Il dégageait un mélange de force et de sérénité, une forme d'optimisme et d'adaptabilité à toute épreuve ; incroyables sensations que d'être en présence de la joie de vivre avec sa pointe d'excès. Je comprends qu'il se soit senti si bien là-bas. C'était un passionné pétri de liberté. Il avait su tirer le meilleur de ces épreuves et vivre sa vie sans merci et sans mépris. Il reprit.

— Mais il y a un temps pour tout. Sans Piotr à mes côtés, ça n'était pas seulement une page qui s'était tournée mais un livre qui s'était refermé. À travers les pays, à travers les regards, je cherchais à comprendre comment font les autres. Je ne voyageais plus, je déménageais. Croyant de façon illusoire que je pouvais appartenir à leur monde, que leur bonheur pouvait faire le mien. Prêt à m'installer partout où j'irais, j'ai mis du temps à le réaliser, mais il était clair que je faisais fausse route surtout parce que sans Piotr et la photo, je ne construisais plus. Qu'importaient les doutes, j'étais sur la route.

» Sous toutes mes questions, comment font-ils pour vivre ? Acceptent-ils, se battent-ils ? Sont-ils heureux, s'en fichent-ils ? Quelles sont leurs préoccupations le matin en se levant ? Je n'ai pas tellement trouvé de réponses si ce n'est que chacun fait comme il peut.

» Savoir qu'il y a pire et meilleur ailleurs ; se remettre en question, reconnaître ses absurdités et ses erreurs. S'adapter, se situer, changer ce qui doit l'être. Connaître les combats des autres, les victoires et les échecs, s'en nourrir. Donner un peu de hauteur et beaucoup de fraîcheur. Nul ne vit dans la vérité, il n'y a pas de réalité. Alors, après quelque temps, je me suis investi dans mes premières amours. La passion était là, latente. Je suis spéléologue des glaciers, cristallier pour être plus précis, me dit-il la voix plus forte, le sourire enorgueilli et plus large de celui qui est fier de ce qu'il fait. Génération Panda, WWF est mon inspiration, je suis géologue de formation, écologue de conviction ; Jacques Mayol est mon idole. L'homme dauphin qui rêvait de vivre avec les mammifères marins ! N'est-ce pas extraordinaire ! En me donnant un objectif, j'ai enfin donné un sens à ma vie.

— La boucle était bouclée ?

— Oui, en effet !

Sans hésiter, il passa du coq à l'âne.

— On est bien chez toi, c'est *cosy* comme on dit.

— Merci ! C'est le charme des vieilles bâtisses. Je n'y ai pas changé grand-chose. C'est dans les vieilles marmites que l'on fait les meilleures soupes !

— Tout à fait d'accord ! J'aime beaucoup cette grande pièce dans laquelle tu as gardé les planchers et poignées d'origine, ces fenêtres anciennes habillées de voilages colorés apportent une touche presque pop, et une lumière très chaude sur ces murs à la chaux… Et ces meubles à la fois modernes et chinés… Très beau mariage ! C'est vieux sans être poussiéreux. Et cette séparation entre le salon et la cuisine marquée par cette petite fenêtre encadrée de ces persiennes bleues, dit-il tout en les déployant, c'est charmant.

— Mais, dis-moi, tu as le sens de l'observation et de la décoration !

— Merci, je prends ça pour un compliment ! Pour l'observation, ce doit être une déformation professionnelle de mon passé de photographe, la déco l'affirmation de ma féminité ! Mais, dis-moi, c'est quoi toutes ces portes ?

— Tu veux visiter ? Viens.

Un petit muret de pierre blanche sépare, par un petit couloir, une petite entrée de la grande pièce principale. La cuisine presque aussi vaste que le salon accueille mes repas et mes pensées que je savoure sur la table accolée à la fenêtre. Et, en effet, trois portes trônent éparpillées, dont une dès l'entrée. Au son de Johnny Cash, je commençai la visite guidée.

— Bon, alors ici c'est le salon, et tu connais déjà la cuisine.

Je me levai, joignis le geste à la parole, et me dirigeai vers le petit carré au bout du petit couloir pavé de tomettes, une allée de dégradé de rouge et d'orangé mélangés, nous rapprochant ainsi du coin où trône un lavabo en face d'une porte close.

— Ici ce sont les latrines, et comme tu peux le voir, dès que tu passes le pas de la porte, tu peux faire tes ablutions au lave-mains de bienvenue. Un geste que j'apprécie tout particulièrement. Quand on entre chez moi, on se lave les mains et on enlève ses souliers ; c'est ainsi que les soucis s'oublient sur le palier.

Revenant sur nos pas, j'ouvris la porte vert anis qui nous faisait face derrière laquelle se cachent des escaliers relativement abrupts.

— Là-haut, il y a deux chambres, salle de bain, et

commodités à part.

— Les commodités à l'étage, c'est bien commode !

— Comme tu dis ! m'esclaffais-je.

— Et la porte dans la cuisine…, dit-il sans que cela soit une question

Tout en nous y dirigeant, je m'interrogeais sur sa réaction et le laissais ouvrir celle qui l'intriguait tant. Il y découvrit une grande pièce dans laquelle trônait une unique et grande fenêtre cinq vantaux, plein ouest, donnant sur les champs et la montagne sans aucune trace de civilisation qui en l'occurrence ne pouvait lui sauter aux yeux puisqu'il faisait nuit ; et au nez, l'odeur chaude et âcre du bois maintes fois travaillé et mélangée à quelques effluves était reconnaissable sans ennui. De grandes tables alignées le long des murs étaient recouvertes de tissus, planches, tasseaux et autres matériaux au-dessus desquels étaient accrochés des ustensiles aussi variés qu'insolites, de l'outil du couturier, du peintre et du sculpteur. Quelques doux copeaux clairs torsadés jonchaient le sol ne laissant aucun doute quant à l'usage de cette pièce.

— Mais qu'est-ce que c'est que ça ? Un atelier ?

— Oui, je restaure de vieux meubles. De la chaise au bureau en passant par les consoles, les cabinets, les coffrets et autres buffets. Après un CAP en ébénisterie, j'ai suivi une formation chez un antiquaire de la région qui a diversifié mes compétences. J'ai appris, en plus du bois, à travailler d'autres supports et manipuler toutes sortes de textiles.

Alors qu'il déambulait silencieux à travers mon bric-à-brac, le plancher craquait à chacun de ses pas.

— Cette pièce est magnifiquement arrangée ! Ça fait longtemps que tu fais ça ?

— Pas tant que cela. Depuis que je suis venue m'installer ici. J'ai délaissé la robe du barreau pour revêtir celle du sarrau ! C'est une connaissance qui m'en a donné l'idée, je n'y avais jamais vraiment pensé avant, et je me suis dit « pourquoi pas ? ». C'est peut-être une façon de réparer les vieilles blessures… et les gens apprécient de retrouver leurs vieux meubles ; prendre soin du passé, c'est une façon d'assurer l'avenir. Quand j'ai visité cette maison, je savais dès le jardin que je l'achèterais. Mais, lorsque j'ai vu cette pièce, c'est devenu un impératif. C'est comme si elle m'appelait…

— Vraiment… ? C'est magnifique ! Félicitations ! dit-il en observant la console XVIIIe sur laquelle je m'affairais depuis quelques jours.

— Merci, dis-je légèrement rougissante.

— Cela va te surprendre mais je travaille également le bois, une façon d'arrondir les fins de mois. Toi, tu rafraîchis des vieilleries et des antiquités, tu fais de la restauration ; moi, je fabrique et je sculpte du neuf et des exclusivités, je fais de la création ! Ça marche plutôt bien. Les gens aiment les pièces uniques, des meubles à leur image.

— Tu te moques de moi ?!

— Non, c'est vrai, j'adore ça. Mais attends… Il faut que je te dise autre chose… Enfin plutôt te montre quelque chose.

Sur ces mots, il se dirigea près de la fenêtre qu'il effleura du bout des doigts avant de se pencher et de lire à haute voix :

— « Pas une carte au monde n'est digne d'un regard si le pays de l'utopie n'y figure pas. » Oscar Wilde. Tiens… dit-il, énigmatique, avant de lire la suivante : « Celui qui déplace la montagne est celui qui commence à enlever les petites pierres… » Confucius. Elle est nouvelle, celle-là !

— Mais… comment savais-tu qu'il y avait des inscriptions à cet endroit ?

— Il faut que je te dise… Tu te souviens de ce que tu m'as dit quand on s'est rencontrés dans le jardin ? « On ne se perd jamais vraiment sur cette Terre » ? Eh bien, tu avais on ne peut plus raison ! Autant j'ai souvent tout fait pour me perdre, autant cette fois-ci, je ne m'étais pas égaré ; je n'étais pas là par hasard… Cette maison, c'était celle de mes parents ; cet atelier, celui de ma mère. Plus encore, elle était tombée amoureuse de cette maison et… de son figuier ! À la mort de mon père, nous l'avons vendue à un jeune couple… Je pensais les y trouver lorsque je suis tombé sur toi.

— Ils sont restés peu de temps… C'est à eux que je l'ai achetée. Ils trouvaient le coin trop… mort !

— Et te voilà…

— Et tu me dis tout cela que maintenant ?

— Désolé, je profitais, répliqua-t-il le sourire aux lèvres quelque peu provocateur.

— C'est pas drôle !

Il y a des choses qu'il faut accepter telles qu'elles sont. Même Destinée, qui n'en perdait pas une miette, tressautait à nos pieds excitée comme une puce et nous regardait tour à tour amusée et joyeuse.

Dehors, le vent redoublait et secouait les carreaux comme s'il s'invitait dans la maison. Sur ces mots, nous retournâmes nous installer au salon et Ulysse remit une bûche dans le foyer. Tous les deux sur le canapé, à cet instant précis, je crus que, jamais de ma vie, je n'avais partagé une proximité aussi intense.

Comme Ulysse s'assoupissait quelques instants à mes côtés, épuisé par son récit et ses souvenirs, je ne pouvais m'empêcher de repenser à toutes ces pertes qui avaient jalonné sa vie. Sa mère, son père, cette femme sur le pont de singe, Piotr. Combien de drames pour façonner une âme ? Combien de révolutions pour une évolution ?

Je pris conscience que je ne lui avais pas parlé de ma leucémie qui à l'époque était une actualité incertaine. Un oubli ? C'était mieux ainsi. Cela rendrait les choses moins difficiles. Sa tête sur mon épaule, je sentais son souffle dans mon cou. J'avais le sentiment qu'il me humait. Je ne parvenais pas à trouver le sommeil, quelque chose me tenait en éveil. L'urgence de l'imminence. Une pulsion irrépressible instinctive qu'il ne fallait pas laisser passer. Si seulement… La nuit n'était pas finie.

Voguer au gré d'Éole

Je remplis la mer à la petite cuillère
Fil par fil, je tisse la cime de la cordillère
Dans la rue, je danse la carmagnole
Dans ma vie, je suis le héros de Pagnol.

Dans le ciel, j'accroche des étoiles pierre par pierre
Dans le désert, je plante une perle de lumière
Du lever au coucher chaque jour je fais le mariole
Car rien n'est impossible au cœur guignol.

Plus intense est le vol des papillons en plein Hiver
Plus puissante est la vague dans laquelle je me perds.
Nul ne peut voir en plein jour la luisance de la luciole
Seul vibre celui qui sans fil, vogue au gré d'Éole.

Iris – Un Petit Être Peut-Être Pour Être

Devant mon assiette de fondant au chocolat flottant sur de la crème anglaise, je ne peux m'empêcher de songer à la question d'Augustin un peu plus tôt dans la soirée, qui étrangement me glaça le sang. En fait, ce n'est pas tant sa question qui était tout à fait prévenante et bienveillante, que la réponse qu'il m'obligea à formuler.

Si les filles en avaient eu connaissance, je sais quelle aurait été leur réaction. Aglaé l'aurait gardée sous le coude pour un futur ragot croustillant et bien chaud sur un air faussement compatissant, oubliant aussitôt l'information. Noée, en quête d'attention, se serait empressée d'aller le dire à son mari adoré espérant obtenir en retour une écoute ; écoute qu'elle n'aurait pas obtenue, c'est bien entendu. Adélaïde aurait certainement pensé à tous les efforts qu'aurait nécessités une telle vérité pour être cachée à ses associés ; associés soumis au diktat de l'apparence et de la virilité, surtout ne jamais montrer ses faiblesses. Iris, la plus empathique d'entre toutes, exacerbée par un fort sentiment maternel la poussant à protéger tout le monde comme si c'était ses propres oisillons, m'aurait évidemment prise en pitié ; avant de s'apitoyer sur ce qu'elle aurait pu potentiellement subir. Et Sophie, nous y reviendrons plus tard, s'en ficherait éperdument avec un je-ne-sais-quoi dans le regard qui dirait « elle n'avait qu'à ! » ; comme si le « n'avait qu'à » avait pu changer quelque chose.

Un sourire ironique au coin des lèvres, moi, Anaïs, ne peux m'empêcher de penser que, décidément, je suis en bonne compagnie !

Rémission. Un drôle de mot pour signifier une drôle de

situation. Pas de guérison, ni de complication juste une cicatrisation, momentanément probablement, mais immédiatement certainement. L'enveloppe à fenêtre transparente l'a dit, c'est vrai. Alors, en toute logique, le soulagement me submerge à l'annonce de cette fin du combat. Instantanément. Tellement instantanément que c'en est choquant. Je n'étais pas prête. Que vais-je faire si je n'ai plus à me battre ? C'est absurde. Rémission sonne tout à coup comme démission. Rémission à la mort n'induit-elle pas la démission à la vie ? Démission à l'envie. Plus tard, j'y penserai. Plus tard.

En face de moi, comme toujours, Iris est désopilante. Farfelue voire loufoque, toujours habillée de mille nuances comme pour égayer une journée simplement à la vue de ses vêtements colorés, croyant que couleur rime avec bonheur, toujours souriante et avenante, docile, rigolote et boute-en-train, elle a jusqu'à l'apparence juvénile et le visage enfantin. Spontanée, un poil excessive, son optimisme et sa combativité, tout en frôlant le pathétique et me poussant à l'exaspération, forcent mon admiration. Mais tout ceci n'est qu'une façade.

Car sa blessure est bien présente. Qui ne connaît pas la douleur de l'enfant qui n'est pas né n'a pas le droit de juger. Plutôt que d'accepter son sort, elle a forcé son destin. Tel est son chagrin. Le vide et le manque la rongeaient de l'intérieur, inutile, elle était inconsolable ; et pleurait l'enfant qui ne naîtrait jamais. De grise, elle devenait transparente. Alors, elle a examiné toutes les possibilités. L'adoption, l'insémination, la mère porteuse, le généreux ; l'inconnu utilisé à son insu ; et a opté pour ce qui lui est apparu comme la solution la plus adaptée ; le *one shot*.

Acte en vogue au XXe siècle puis démodé au XXIe, Iris a fait un enfant toute seule mais, comme on ne fait pas un enfant pour être dans le vent, elle l'a fait pour être maman. Elle a rencontré des hommes, les a questionnés, un peu, et leur a fait l'amour, une fois ; chacun leur tour. Éviter les confusions. Très organisé et méthodique tout cela.

Lorsqu'elle tomba enceinte, elle eut enfin son petit être à chérir et crut donner un sens à sa vie. Et pourtant. Plus jamais je ne la vis sourire. Fatiguée, irritable, envahie par la morosité, elle perdit beaucoup de sa légèreté et ne parla plus que d'une chose, sa progéniture ; et pire que tout, elle développa toutes sortes de phobies et passa de protectrice à surprotectrice, de mère poule à mère vorace.

Et Iris pleure. Chaque jour et chaque nuit, elle pleure. Pour tout et pour rien, elle pleure sans fin.

Longtemps, Iris a cru en l'espoir qui finalement l'empêchait de voir. L'espoir désespéré du Soleil de minuit qui somnole et de la Lune de midi qui éblouit. L'espérance pour une vie d'errance. À force d'espérer, elle n'a pas pris le temps d'appréhender et à vivre sans. C'est d'ailleurs comme cela qu'elle a toujours commencé ses phrases « J'espère que demain… » « J'espère que je… »

Son enfant, elle l'aime, c'est sûr, mais lorsque sur la grande tablée d'à côté, une famille entière s'installe, je la vois jouer au jeu des 7 familles.

Dans la famille Grand Bonheur, je demande la mère. Dans la famille Grand Bonheur, je demande le fils. Tu pioches ! Déjà, une première lueur dans ses yeux ternes, car si elle voulait un enfant, elle voulait surtout une fratrie qui se chamaille, qui hurle et qui charrie, remuant la poussière et les certitudes. Dans la famille Grand Bonheur, je demande le mari. Tu re-pioches ! Et nous y voilà ! Le manque. Le seul, l'unique, celui de toute une vie. Car au fond, ce qu'Iris voulait ce n'était pas tant un enfant ou une fratrie, qu'une famille avec toute la panoplie, le mari compris ! Et à force d'espérer, elle s'est fermée à toutes les possibilités.

Elle qui était si curieuse et si joyeuse ne sait que se

plaindre, parler éducation nationale et réforme biennale. Ce que je peux comprendre, mais elle oublie qu'avant d'être parents nous avons toutes été enfants. Entre angoisse, peur et psychose, Iris ne sait plus où donner de la tête.

Non ma fille, tu ne joueras pas aux billes ; tu risquerais de t'étouffer !
Non ma fille, tu ne monteras pas sur cette chaise ; tu risquerais de tomber !
Non ma fille, tu ne mettras pas ton écharpe ; tu risquerais de te pendre !
Non ma fille, tu ne liras pas ce livre ; tu risquerais de comprendre !

Et pourtant. Elle comme moi avons joué aux billes, sauté à la corde, porté des écharpes, sommes montées sur des chaises desquelles nous sommes d'ailleurs tombées, lu des livres qui plutôt que de nous infantiliser nous questionnaient par leur complexité. Quelle est cette hérésie qui simplifie ? Et oui, nous nous sommes parfois étouffées, pendues, cassées mais jamais brisées. C'est ce qu'on appelle l'école de la vie. Mais les parents d'aujourd'hui l'ont oubliée et les enfants qui n'ont pourtant pas changé, ne la connaîtront jamais. Les enfants ne naissent pas plus fragiles ; ce sont les parents qui grandissent plus fébriles.

À refuser de rougir les genoux de leur bambin au mercurochrome préférant les traiter comme du cristal en les posant sur un piédestal, l'enfance n'est plus synonyme d'appétence mais d'impotence.

Mais qu'importe. Avec cet enfant, Iris s'est donné une contenance, à apporter de l'importance à son existence entièrement dévouée à celle de sa fille qui lui permet de toujours avoir quelque chose à dire en société et d'apporter la preuve de son utilité dès qu'elle a une urgence à gérer.

Iris a cru.

Sa prunelle ; un tout petit de soi pour une plus grande estime de soi.

Et pourtant ! Pour feindre la solitude, Iris a gardé ses habitudes et accepte dans son lit les bras d'un inconnu. Elle a failli. Tout en les renvoyant avant le lever du jour, Iris s'offre des distractions nocturnes qui n'ont de distrayant que le nom. Si tôt parties, si tôt envolées. Et le vide jamais ne se comble.

Et moi, vous me direz ? Plus qu'une blessure, un abîme. J'ai porté un enfant, mon enfant, mon bébé ; mon embryon, mon extension.

C'était avant. Après l'homme-que-tout-le-monde-aime, j'avais connu l'homme-qui-rend-aveugle. Il me convoita, j'acceptai, finalement, et nous nous installâmes dans un petit nid, chez moi, qu'il rendit douillet par sa seule présence. Tout était parfait, tout s'enchaînait. Une année merveilleuse au travers de laquelle je n'ai fait que planer. Je me fichais de tout, je cédais et appréciais l'aveuglement ; j'avais décidé de me laisser aller, de profiter et je m'approchais à grands pas de la réussite tant recherchée. J'avais mon amoureux, notre chez-nous, un métier, le énième que je gardais, ne manquait que la descendance pour une projection vers un avenir stable, et parfaire la scène.

Rien d'autre ne comptait. Pas même qu'il oublie mes rendez-vous à la clinique, pas même que je sois la seule à payer le loyer, pas même que mon compte en banque fonde comme neige au Soleil sans Soleil, pas même qu'il rentre tard dans la nuit sans explication, pas même que je me teigne les cheveux parce qu'il les aime blonds et que pour lui, je les porte longs. Je me disais, « après tout, tant pis ! Ce n'est pas si grave, regarde, il est là ! Aie confiance ! » Je sautillais, je riais, je piaillais, je m'esclaffais ; je profitais. Et le grand bonheur fut au complet lorsqu'enceinte je tombai. Malheureusement, tomber enceinte fut la première chute d'une longue lignée de déconfitures. Il ne restait qu'à lui annoncer.

« C'est trop tôt ! Et comment tu vas faire avec ton boulot ? Tu sais quand même que "ça" coûte cher ?! Et t'es sûre que tu veux être mère ? »

Une semaine après, je faisais une fausse couche et n'eus pour me consoler qu'un « tu verras, c'est mieux comme ça ! ». Je suis partie sans préavis. Et dans la foulée, je démissionnai. Je me retrouvai chez Thaïs, en déplacement je ne sais où, sans mari, sans boulot, sans maison et seule avec mes entrailles meurtries.

Amorphe, je ne connaissais plus Morphée. En un instant, je flottais dans le vide qui m'étouffait, d'un chagrin plus lourd que le néant, dans le froid le plus brûlant ; un flocon de neige au fond de l'océan. M'excluant de tout, inerte, aussi réactive qu'un navet, mon cerveau à l'arrêt ; je végétais. De l'état de volatilité, je préférais m'enraciner. Juste besoin d'un peu d'eau, sentir dans le vent mes cheveux voler, voir sous mes pieds la Terre tourner, mes pores au Soleil se dilater ; m'enraciner, me fossiliser ; et sombrer.

Avoir effleuré ce qui aurait pu être le bonheur le plus absolu, connaître l'amour inconditionnel avant de le voir disparaître, me plongeaient à l'exact même point que quelques années auparavant, avec rien d'autre que le poids du chagrin en plus.

La facilité, l'aisance, l'enchaînement heureux des événements ne sont-ils réservés qu'aux autres ? Dès l'instant où je baissais ma garde et que je profitais, tout m'était retiré. Je n'osais plus bouger, plus parler, plus respirer jusqu'à ne plus oser vivre, tétanisée, persuadée que mon prochain mouvement provoquerait la fin tout en ayant le sentiment de n'avoir plus rien à perdre. Fallait-il tout perdre pour ne plus craindre ? Il ne restait que moi et mon corps. N'avais-je pas droit, moi aussi, à une vie d'insouciance et de légèreté ? Rien n'est jamais acquis semble être le fil rouge de ma vie.

> J'aurais voulu rimer avec eux,
> Joyeux, heureux et amoureux.
> Mais rien ne rime à rien,
> Et encore moins le mien ; mon Destin.

Avance-t-on vers notre destin ou nous poursuit-il ?

Le cerveau à l'arrêt, mes sens en éveil, j'étais dans l'œil du cyclone et je m'en délectais. Je sentais véritablement le Monde tourner autour de moi, à la fois extérieur et en plein milieu, insensible et intense, la vie se déroulait sous mes yeux avec son lot de morts et de naissances sans le moindre impact sur ma réalité.

Une mouche s'effondre d'avoir tant lutté contre le plafond, jamais ne retrouvera le ciel mais connaît la demeure céleste sur mon plancher ; une mauvaise herbe éclot profitant d'un pot laissé à l'abandon. Ruisselante sur le carreau, une goutte de pluie luit une dernière fois avant de disparaître, évaporée sous l'effet d'un seul rayon de Soleil qui trouve son chemin à travers les persiennes et transperce à lui seul l'ombre envahissante. La douceur la plus inspirante d'une note de musique s'évanouit happée par le vent qui l'emporte au loin jusqu'à l'étouffement ; l'apparition la plus ravissante d'un pétale de fleur prend son envol, premier et dernier voyage, avant de finir flétri et gris ; et enfin dépérir.

À être dans l'immobilité, on ne peut être sensible qu'à l'éternité. Je n'ai aucune idée du temps qui s'est écoulé, le quotidien n'avait ni début ni fin, une existence plus sombre que la nuit m'embarquait, je me tournais, retournais, mon cerveau dans mon corps sens dessus dessous. Pour une vie en itinérance, oublier la conscience de mon être, je concentrais toute mon attention sur le reste. Et j'ai laissé libre cours aux caprices de ma leucémie, qu'elle au moins ait le droit d'exister. Et la poussière tombe.

Jusqu'au jour où. Des jours durant, j'avais observé l'araignée en apesanteur tisser sa toile par un savant va-et-vient, traînant son fil à son arrière-train, croisant, revenant, inlassablement, espérant qu'un faible crétin s'y empêtrerait les pieds et les mains. Mais, c'était sans compter ma toute-puissance ; c'était avant que, sans ciller, j'anéantisse tous ses efforts de garde-manger d'un geste désinvolte et autoritaire. Quelle est la colère de l'araignée qui voit ses heures de labeur réduites à rien ? Grand bien me fasse si je voulais détruire et gâcher ma vie, mais de quel droit avais-je massacré celle de cette pauvre araignée qui n'avait plus rien à manger ? Je me faisais honte.

Ce jour merveilleux de grisaille, je décidai de sortir pour me délecter des pluies torrentielles qui se déversaient, n'ayant jamais su résister à pareille manifestation cyclonique, spectacle tout aussi puissant que nous sommes impuissants. Je me devais de répondre à l'invitation et rendre hommage au ciel qui avait eu la bonté de faire écho à mes états d'âme. C'était la moindre des politesses. Je partis donc en balade sous des trombes d'eau et de rafales. Après une longue marche de pure délectation, je m'arrêtai près d'un parc au milieu duquel trônait un kiosque avec un enfant à l'intérieur. Mon premier réflexe fut de tourner les talons face à ce bambin qui ne m'inspirait rien d'autre que de la crainte et de l'agacement, persuadée que si je m'en approchais, il lui suffirait de quelques secondes pour se mettre à geindre, chouiner, pleurer, pire à crier, à qui il faudrait moucher le nez, refaire le lacet, consoler et qui de surcroît ne se gênerait pas pour m'écraser les pieds, me tirer les cheveux, voire m'insulter comme le grossier personnage qu'il était sans nul doute.

Mais l'enfant était calme et étrangement concentré sans même s'apercevoir qu'il pleuvait. Entre ses mains, une cocotte en papier. Je m'installai à ses côtés et l'observai.

C'est lui qui entama la conversation.

— Bonjour, Madame.

— Mh ! bougonnais-je.

— Qu'est-ce que vous faites là ?

— Et toi ?

— J'attends ma mère.

— Et elle te laisse tout seul ?

— Et vous ? Où est votre mère ?

— Elle est morte.

— Ça arrive, dit-il levant à peine les yeux vers moi.

Quel culot ! Mais je m'inclinai.

— Tu fais quoi ?

— Ça ne se voit pas ?

Insolent par-dessus le marché ! Je le savais !

— Une cocotte en papier, précisa-t-il.

— Pour quoi faire ?

— Pour la faire voler, pardi !

— Dans ce vent et sous cette pluie ?

— Je ne suis pas obligé de la faire voler aujourd'hui !

— En effet…

Se ravisant, il ajouta :

— Vous voulez parier ?

— Quoi ?

— Que je peux la faire voler aujourd'hui.

— Tu veux parier quoi ?

— Si je gagne, vous refaites mon lacet.

J'en étais sûre !

— Ah voilà ! T'es bien un gosse ! Assisté, va ! Et si je gagne ?

— Je refais le vôtre, dit-il en regardant, navré, mes souliers.

J'étais stupéfaite. Mon lacet, tout mouillé, pendouillait

piteusement tout défait ! N'attendant pas ma réponse, il plia avec agilité un dernier coin, se leva et se posta à l'extrémité opposée. Après avoir expiré deux fois sur la pointe, il leva le coude et lança la cocotte en papier qui s'envola gracieusement à travers le kiosque pour se poser délicatement sur mon épaule.

Les yeux brillants, l'enfant revint vers moi jubilant et sautillant, se saisit de la cocotte en papier qui trônait sur mon épaule et ne prit pas une seconde pour me tendre son pied. Je m'esclaffai largement en réponse à sa joie, et lui laçai son lacet de bon cœur. Fier comme un pape, il me dit « merci ! »

Sur ces entrefaites, une voix l'appela et il disparut aussitôt derrière le rideau de pluie, son merci et son sourire résonnant encore dans l'air humide.

Aujourd'hui, un petit garçon avait fait voler une cocotte en papier dehors par temps de pluie et de vent. Et moi ? Qu'avais-je fait ? Sur le chemin du retour, un rictus béat ne me quittait pas et la phrase d'un film, je crois, fit irruption et me trotta dans la tête. « Ne compte pas les jours mais fais que chaque jour compte ». À croire qu'elle avait attendu bien patiemment dans son coin pour intervenir au moment opportun. « Fais que chaque jour compte ». Cela n'a l'air de rien, comme ça, mais les déclics ne viennent-ils pas de petits riens ? Les jours ne comptaient pas plus pour moi que je ne comptais pour eux. Et je ne les comptais pas. Alors, pourquoi devraient-ils compter ? Mais, après tout, pourquoi pas ? Je n'avais plus le choix. Bien sûr, que j'allais faire en sorte que les jours comptent, mais est-ce que passer sa journée à l'ombre de son figuier avec une tasse de café, ça comptait ? Pour moi, c'était une perspective des plus réjouissantes, et c'est ce qui me redonna l'envie. Alors, oui, ça comptait !

Il n'y avait plus un instant à perdre. J'ai dit adieu à cet enfant qui ne naîtrait jamais, à cette vie que je n'aurais jamais, et je suis revenue m'installer dans le seul endroit qui ait connu mes sourires sincères et qui conviendrait parfaitement à mon avenir ; ma montagne et ma vallée.

Il fallait que j'agisse juste pour mes besoins immédiats. Tout d'abord, me mettre un toit au-dessus de la tête ; et par chance, je trouvai le plus agréable d'entre tous. Puis, je me confectionnai des cartes de visite pour faire valoir mes talents d'ébéniste ; et par chance, je trouvai rapidement résonnance à mon offre. Et l'air de rien, une certaine logique s'emboîta, une logique que je n'avais pas envisagée. Indéniablement et de façon quelque peu imprévisible, il est devenu évident que j'étais sur la bonne route. Surtout, ne plus chercher ce qui de toute façon n'existe pas.

Et c'est aux côtés de mon figuier qu'elle est née. C'est vrai, j'aurais préféré travailler, le rencontrer, l'aimer, fonder un foyer, l'épouser puis enfanter et profiter, suivre un schéma tout tracé ; mais la vie n'a qu'un seul scénario, le sien. Et qu'importe si son père n'est pas là. Enfin…

Une certitude néanmoins. C'est dans l'amour que ma petite Raphaëlle a vu le jour, et le jour où son père la rencontrera, il l'aimera. Ne reste qu'à patienter et profiter de ses gazouillis qui me ravissent et de ses cris voraces qui m'escagassent.

Quel émerveillement de voir sa petite tête, les sourcils en éveil, s'extasier sur tout ce qui l'entoure. Comment ne pas croire en la vie quand tant de confiance et d'insouciance irradient de cette petite boule ? Je ne peux faire porter mon désir de vivre sur les frêles épaules de ma fille, mais je me réjouis tout de même de la savoir à mes côtés, et de sa présence au-delà de mon existence.

Et malgré tout. Malgré cette pensée qui me rassure, l'angoisse me gagne d'une question restée en suspens.

La rémission. Quelle nouvelle mission pour celui qui n'a plus à se battre pour la guérison ? Paradoxalement, alors que je me suis tant démenée pour guérir, jamais je n'avais envisagé la vie sans périr. Évidemment, nous allons tous mourir, mais maintenant en rémission, l'évidence semble tout de même moins imminente, et sa réalité moins présente. C'est étrange ce sentiment ambigu. Alors que je devrais me sentir plus légère, plus joyeuse, mon sourire se crispe. Je me sens inopinément angoissée. L'enveloppe à fenêtre transparente, par sa bonne nouvelle, m'a extirpée de mon combat. Toutes ces années, j'avais combattu, sachant de quoi serait fait chaque jour sans toutefois en connaître l'issue. Tout était possible et je tentais tout. La guérison s'annonçait et l'effroi me saisit. La nostalgie de la lutte acharnée, du combat incertain, de la bataille menée du jour au lendemain. Survivre dans le quotidien vaudra toujours mieux que de vivre dans le lendemain. Non ? Quand c'est l'incertitude qui meurt, quand disparaît avec la peur, que la peur n'est pour l'heure pas même celle de ma pesanteur, que reste-t-il de l'envie de vivre ? Quel intérêt de vivre si ce n'est pas dans la survie ?

La victoire est bien trop éphémère. Elle s'estompe aussi vite que la douleur s'oublie, et ne reste qu'une vie terne avec la certitude que de toute façon demain sera là. Pour quoi faire ? Je ne sais pas. Quelle raison de se lever ? Prendre son petit déjeuner ne peut suffire au plaisir. Quoique ? De trépidant, palpitant, excitant, vivant, mourant, ne restent qu'assommant, stagnant, débilitant, mouvant, lassant. Et l'accepter m'avait pris tant d'années ! Au fond, cette leucémie était ma seule certitude de ne pas me laisser aller à mon penchant naturel, la somnolence.

Rémission d'aujourd'hui,
Petite litanie d'une infamie sans un cri,
Hier encore intrépide
Ne reste que le vide d'une vie insipide.

Si pour Iris, une fille ne devient femme que lorsqu'elle devient mère, pour ma part, je n'étais plus enfant le jour où j'appris que j'étais mortelle. Et un peu plus vivante. J'ai l'impression de l'être un peu moins aujourd'hui.

Et Ulysse. Ma patience à l'attendre me fait sentir si petite. La colère me monte au nez, une fois encore je suis bernée. Donner ma confiance, voilà ce que j'ai fait de plus fou par Amour. Un an que j'attends, un an que je me torture l'esprit à me convaincre, à résister, en me disant que « cette fois c'est différent » ! Mais entre mes murs, force est de constater que ne règnent que le silence et l'éclipse. Du lever au coucher, quelques paroles encore flottent dans l'air mais ne résonnent plus à mes oreilles. Chaque soir la froideur des draps à mes côtés, chaque matin un seul bol de petit déjeuner ; cela a toujours existé chez moi et cela n'avait pas d'importance, voire j'aimais être seule avec moi, tant que cela n'était pas les manifestations de son absence. C'est sa promesse et son absence qui créent le vide.

En vain. À croire que j'ai rêvé cette soirée. Le reconnaîtrais-je seulement ? La déception est si grande que quand bien même il reviendrait, comment l'accepterais-je ? Comment croire à nouveau ? Après l'homme-que-tout-le-monde-aime et l'homme-qui-rend-aveugle, avais-je rencontré l'homme-qui-dit-mais-ne-fait-pas ? Chacun a ses limites et je crois bien avoir dépassé les miennes, il y a bien longtemps. La vérité, c'est que je ne veux plus. Je ne veux plus de paroles ni de promesses et je ne veux plus de l'autre. C'est si simple. Je ne me sens pas désespérée, je me sens lasse et désabusée. Et vide.

Mais cela n'a plus d'importance. J'ai ma belle Raphaëlle. Elle assure la continuité de ce que j'ai commencé et seules Maureen et Thaïs savent qui est son père. Cela ne regarde personne.

Alors que la morosité s'empare de moi, la voix d'Augustin me ramène à ses côtés.

— Eh bien, après un tel repas, un petit digestif te ferait-il plaisir ?

— En effet, ce serait parfait !

— Très bien, je t'apporte cela tout de suite et après je te ramène chez toi.

— Mais non, ce n'est pas nécessaire, lui répondis-je tout en faisant un petit calcul un peu rapide du liquide ingurgité.

— Et on ne discute pas !

Comment fais-tu, Perdrix ?
Tous ces petits, est-ce de l'instinct de survie ?
Combien de temps à patienter sur le parvis ?
Quel sacrifice est-ce le prix ?

Mes entrailles sont lourdes comme de la grêle
Malgré ma vie de cygne et de tourterelle
Toi, cigogne qui m'as oubliée sur ton trajet,
Dis ? Comment pleurer l'enfant qui n'est jamais né ?

Laissez couler vos larmes et vos rêves d'enfants
Laissez tomber vos armes, vos rêves d'être parents
Laissez gagner la peine envahir vos tourments
Laisser venir la nuit, chanter les cormorans.

Laissez fuir le Soleil et baissez le paravent
Laissez venir le vide et écoutez le chant
Le chant de la vie qui pour vous a un plan
Celui qui vous ravira viendra en son temps.

Non, je ne suis pas Perdrix.
Ils ne sont pas nés, n'ont pas péri.
Le nom de ce chagrin enfoui ?
Chagrin, qui comme l'infant jamais ne rit.

Iris – Un Petit Être Peut-Être Pour Être

Jamais je ne te donnerai à la lumière
Mais pour toujours tu as fait de moi ta mère.
Et au milieu du champ persiste le perce-neige
Quand un rayon de Soleil fait fondre la neige.

En moi, l'émoi des mois du poids de toi
Pour une plus grande estime de soi
Un tout petit de soi jamais ne sera de bon aloi
Si ce n'est pas avec Toi.

Ô Fils, Au Temps Pour Moi

Ô Fils, Au Temps Pour Moi

Je ne vis pas passer le temps et ne saurais dire quelle distance la Terre a parcourue, mais je sus le bras tendu, la main saisie, le pied frôlé et les baisers partagés ; et mes songes filèrent au rythme de son souffle. Incroyable sensation au réveil pour celui qui a dormi sur ses deux oreilles ! Sensation que je ne connaissais plus. À force de solitude, je prends conscience que je ne dors plus que d'un œil et ne fais que des siestes toujours l'oreille à l'affût. On ne sait jamais. Ce jour-là, je découvris ce qu'est dormir tout d'un somme. De temps en temps, je ne sais comment, Ulysse remettait sur moi un bout de couverture qui avait glissé. Attentif, même dans son sommeil !

Tant de choses s'étaient passées en si peu de temps. Nous pouvons passer dix années sans le moindre intérêt, quand dix heures à peine suffisent pour remettre les pendules à l'heure ; et en marche la Destinée. Quoique ? Toujours un peu flou, le dessein est bien plus lointain qu'un simple matin.

Juste avant de nous endormir, la soirée nous révélait ses derniers soupirs. Profitant du moment, nous buvions notre deuxième ou troisième verre de whisky quand Ulysse se leva, s'arrêta quelques instants à la fenêtre et constata les hauts centimètres de neige qui ensevelissaient toute la montagne. En voyant cela, je me demandais comment nous allions bien pouvoir ouvrir la porte.

— Il le faudra bien pourtant, dit-il en écho à mes pensées.

Voyant mon incompréhension, il s'apprêta à préciser et je sus que je ne voulais pas savoir.

— Je suis déjà engagé.

Coup de tonnerre dans mon ciel en un éclair.

— Ou plutôt, je suis toujours engagé, poursuivit-il. Dans

une histoire qui a pris fin il y a longtemps déjà, mais qui est sur le point de se terminer. Assieds-toi, s'il te plaît, me dit Ulysse alors que je tournais autour de la table de la cuisine aussi frénétiquement qu'un animal dans sa cage. Son ton se voulait doux et rassurant mais l'émotion était palpable.

» Le passé est enterré et je suis venu ici pour commencer une nouvelle vie, en repérage des perspectives d'après. Et te voilà… Et en une nuit, le puzzle s'est emboîté. Je sais l'après, Anaïs. C'est toi l'après. Oh, je t'en prie, efface ce sourire pincé ! Ce mariage a autant de sens que des rides sur le plumage d'un oiseau.

— Qu'est-ce que tu me chantes avec ton oiseau ! Oh, bien sûr, je comprends ! Vous êtes dans une mauvaise passe, tu rencontres quelque chose de nouveau, tu te dis…

— Arrête ! Ça n'a rien à voir ! Tu le sais très bien. Ce n'est pas moi, ça. Avec ma femme, mon ex-femme, nous nous sommes éloignés et déchirés. Nous nous sommes mariés parce que c'était facile et rapide. Elle a eu un coup de foudre, elle était magnifique, m'a séduite, nous nous entendions bien, j'avais besoin de me poser… Je te l'ai dit, c'était facile. Nous aimions la même musique. C'est bête. Il faut se méfier des goûts partagés, ils sont sans intérêt. Je me suis dit « pourquoi pas ? »

» Je l'ai rencontrée dans un bar alors que j'étais entre deux, mais avec l'envie de me poser. Encore un peu dans la frénésie, à accélérer le temps alors qu'il faut savoir le prendre. Je le sais à présent qu'il ne faut pas brusquer ; et patienter. Marcher plutôt que courir, mais je n'ai pas réfléchi et je me suis juste laissé emporter. Tout est allé très vite, elle est venue s'installer chez moi et quelques mois après nous avons convolé. Je croyais que l'on se comprenait mais c'est parce que nous n'avions jamais vraiment discuté, et par voie de fait jamais vraiment disputé. Ça n'était pas notre truc. Chacun vivait sa vie de son côté sans envahir l'autre. Encore une fois, c'était facile et sans encombre.

C'est d'un triste ! Il est évident que ce n'est pas ça, l'Amour. Si nous avions les mêmes goûts, nous ne partagions pas les mêmes idéaux, les mêmes ambitions, les mêmes rêves, pas même les mêmes projets. Je pensais que cela n'avait pas d'importance, nous aimions tous les deux Michael Jackson.

— J'aime pas Mickael Jackson !

Ce qui le fit brièvement sourire avant de reprendre.

— Mais nous ne le savions pas, ou plutôt nous n'en parlions pas. C'était plus commode. En une nuit avec toi nous avons partagé bien plus qu'en une décennie avec elle. Elle est tombée enceinte et la réalité m'a rattrapée. Je l'ai découvert par hasard, le test de grossesse positif dans la poubelle. J'étais euphorique, j'ai pensé qu'elle m'en ferait la surprise, mais après quelques jours à attendre, ni tenant plus, je lui en parlai. Elle m'a déclaré qu'elle ne voulait pas d'enfant, que c'était un accident auquel elle allait remédier, que pour elle la grossesse n'avait pour champ lexical que la grosseur et la laideur, un trop-plein de pesanteur, une vie de labeur ; un frein à sa carrière. J'étais stupéfait qu'elle ne veuille pas de ce bébé, et encore plus de ne pas le savoir. Elle avait déjà pris rendez-vous.

» La paternité n'est pas un statut abstrait. C'est un rôle que j'ai eu envie d'assumer toute ma vie, et à la seconde où elle m'a dit qu'elle était enceinte, j'étais père. Et moi, le père, je n'ai pas pu protéger mon petit être. J'ai tout essayé. Elle n'aurait eu aucune obligation, je ne lui demanderais rien, j'assumerais seul toutes les responsabilités, les jours, les nuits ; les repas, les couches et les vomis ; les passions d'enfance, les déceptions d'adolescence. Elle n'a jamais pris le temps de se poser pour m'écouter, elle continuait comme si de rien n'était, et me lançait à travers la pièce « c'est pas toi qui vas le porter pendant neuf mois ! » Certes. Mais ces neuf mois me privaient sans discuter de toute une vie de paternité.

» Rien n'y fit, elle fit fi de mes envies ; et a avorté. Sans même m'avoir entendu, rends-toi compte ! C'est tout juste si elle m'en a tenu informé. Un mardi matin, elle est arrivée en disant « c'est réglé ». Comment avions-nous pu passer autant de temps ensemble sans avoir évoqué le sujet ?

» La douleur que j'ai ressentie est indescriptible. Une douleur que je ne soupçonnais pas, celle qui vient des tripes pour t'arracher le cœur. Une douleur qui ne nous permet plus de cohabiter. Je me suis senti démuni, terriblement impuissant. Jamais je ne pourrai le lui pardonner ! Pas tant qu'elle ait avorté, c'est son droit le plus absolu, mais qu'elle m'en ait exclu, avec froideur et désinvolture. Qu'elle ait le dernier mot est une chose, j'aurais voulu avoir une écoute… Et plus encore, c'est à moi que j'en veux de m'être mis dans cette situation, quel idiot je fais ! Je m'étais marié avec une inconnue, je ne peux m'en prendre qu'à moi-même. Si je n'avais pas vu ce test, peut-être ne l'aurais-je jamais su ! Il faut partager avec l'autre la même vision de la vie, je crois qu'il est là l'essentiel. Elle était à ce point sourde à mon propos qu'elle n'a pas compris lorsque je demandai le divorce…

— Je suis désolée.

— C'est comme ça. Jamais je ne saurais si c'était une fille ou un garçon.

Après un bref silence, sans même qu'il ne me le demande, je lui racontai.

— J'étais enceinte moi aussi, une fois, d'une petite fille, d'un homme qui n'en voulait pas. J'ai fait une fausse couche. C'est laid comme expression, une fausse couche. Il n'y a rien eu de faux dans ce que j'ai vécu. Rien n'avait jamais été aussi vrai pour moi. Je l'ai appelée Pénélope…

— Pénélope… C'est adorable ! Et si troublant ! Ulysse et Pénélope… Tu connais la différence entre la réalité et la fiction ? me demanda-t-il.

— Non ?

— Contrairement à la fiction, le réel se passe

d'explication… Le Hasard a une multitude de petites fées à son service faisant de la vie une succession d'improbables qui, tous ensemble, dessinent un tout…

— C'est mignon ! dis-je, un poil sarcastique. Finalement, nous ne sommes pas très différents. Je fais partie de ces femmes qui auraient dû faire un enfant à vingt ans. Je l'ai toujours voulu, mais à vingt ans je croyais encore au prince charmant. Je n'allais quand même pas faire un enfant avec un amant ! Je voulais plus, je voulais tout, le prince charmant et les enfants. Cela faisait partie de mes projets de vie à deux. Pas de mari, pas d'enfant. Il ne pouvait en être autrement. Et les années ont passé…

— Et ça te pèse ?

— Je ne sais pas… Oui, non… Peut-être, parfois. Nous sommes à un âge où les autres sont des parents. Ces gens-là sont tellement bizarres ! Ils sont pleins de certitudes et de suffisances, avec qui il est impossible de discuter. Même entre eux c'est compliqué, chacun croit détenir la vérité la plus absolue, et ils se critiquent et se jugent sans complaisance. Alors, bien sûr, lorsque nous adultes sans enfant, émettons une opinion un tant soit peu différente de la leur, leur excuse est toute trouvée et ils nous rétorquent invariablement « tu peux pas comprendre ! », considérant avec une arrogance à peine dissimulée que si nous étions parents, forcément, nous agirions de même, il ne peut en être autrement ; en oubliant qu'il y a autant de parents que d'enfants, et que, oui, il est envisageable que je sois moins stressée qu'eux, moins copains qu'eux avec ma progéniture, plus sévère ou plus exigeante. Pourquoi ne le serais-je pas ? Tout est possible, tout est envisageable. Mais évidemment, je ne le saurai jamais puisque, comme ils me l'ont si froidement signalé avec tout ce manque d'empathie et de délicatesse, voire une pointe d'agressivité, des enfants, je n'en ai pas !

» La discussion qui n'a pourtant pas commencé est déjà close. La seule chose qu'il me reste en tête, la seule chose qu'ils ne sauront jamais et dont l'aveuglement ne leur permettra jamais de prendre la mesure est, combien leurs mots sont des flèches qui me transpercent le cœur, combien il est difficile d'accepter et de se réinventer, combien est lourde la douleur de ne pas avoir les miens. Mais peu importe. Je n'ai pas voix au chapitre ni à m'exprimer pour, ni à m'exprimer contre ; ni même à exprimer le moindre déchirement ou le moindre manque car au fond « tu en as de la chance, tu peux faire tout ce que tu veux » puisque des enfants, je n'en ai pas !

Je me rendis compte qu'en parlant je m'étais mise à pleurer. Je ne savais pas ma frustration si grande jusqu'à ce que je l'exprime de la sorte aux oreilles d'Ulysse. Il m'écouta avec attention et sans un mot, montra beaucoup de bienveillance. Nous consacrâmes un instant à penser à nos petits êtres qui ne seront jamais.

— Tu as déjà été amoureux ? demandais-je puérilement pour changer de sujet, mais pas tout à fait.

— Je dois bien avouer que non. Je t'ai raconté comment j'envisageais mes relations, et avec ma femme c'était plus de l'ordre de l'arrangement, un peu à l'ancienne, un mariage de raison plutôt que de passion, histoire de se poser, peut-être même juste pour faire comme tout le monde. Par contre, j'ai déjà eu une certitude. Peut-être est-ce cela l'amour…

— Comment ça ?

Semblant hésiter, il reprit néanmoins.

— C'était une fille…

— Vraiment ? l'interrompis-je

— Oui, oui, dit-il amusé. C'était une fille dans la rue. Je me souviens que lorsque j'ai posé mon regard sur elle, je me suis dit « Voilà la mère de mes enfants » mais c'est d'autant plus absurde que je ne l'ai croisée que quelques minutes. C'était incroyable, puissant comme un absolu. Et pourtant, ce n'était pas même une relation. Juste une rencontre comme on en fait tant tous les jours. Quelle différence entre celle-là et une autre ? Aucune idée, mais l'évidence est une suffisance.

» J'étais tout juste revenu de mon vagabondage, encore dans l'excitation. C'était la Saint Sylvestre. Alors que j'avais décidé de me poster devant la télé, plateau-repas et champagne, quand même, les copains sont venus me tirer par la peau des fesses et m'ont emmené dans la rue pour participer à cette grande célébration du recommencement perpétuel au milieu d'une foule que j'exècre. Fête que j'apprécie d'autant moins que très souvent mes nouvelles années commencent en mai !

» Bref… L'alcool avait déjà coulé à flots, commençant tôt pour espérer rentrer tôt, le décompte approchait, et je la humais. Une senteur ; une senteur à la fois douce et fraîche comme la rosée de mille roses au milieu de l'odeur âcre et écœurante de l'alcool. Le contraste était saisissant. Une senteur qui vous prend la narine pour vous l'agiter frénétiquement avant de redescendre sur les lèvres, le long du palais jusqu'au fond du gosier. Une senteur qui vous frictionne les tripes et le cœur. Impossible d'y échapper.

» C'était la fille devant moi, un petit bout de femme. Irrépressiblement, je me penchai au-dessus de sa tête, sentis les effluves de sa chevelure et mon cœur se mit à battre comme si c'était la première fois. Puissant et vibrant.

» Elle s'est retournée, ses yeux directement dans les miens, nous ne bougions plus, juste plongés l'un dans l'autre. Lorsque la foule hurla Bonne Année, je l'embrassai. Ou plutôt, nous nous sommes embrassés, ce baiser était partagé. Sans trompette ni tambour, sans feu d'artifice dans le ciel ni film en noir et blanc. Dans le silence venu de notre intérieur, dans le ralenti du moment, un partage, un baiser qui ne trouve pas de mot, un baiser qui ressuscite les morts, un baiser qui vient de l'éternité, un baiser qui ne peut pas exister. La simple sensation d'être chez moi, ici et maintenant, auprès d'elle et de ses lèvres.

Subjugué, envoûté ; condamné ! À son oreille, je lui murmurai « Mademoiselle, vous êtes la mère de mes enfants ». Et, tout en l'embrassant, alors qu'elle ne semblait pas m'entendre, entre nos lèvres elle me fredonnait, grelottante « *Besame, besame mucho como si fuera…*[1] » Et la foule si cruelle me l'a arrachée. Celle qui avait renversé mon cœur par sa senteur. Pendant longtemps, j'entendis son chant, un 31 décembre en pleine rue…

— Ah ! Les baisers d'un inconnu… !

Un instant, ses yeux semblèrent consternés puis tristes, attendant une réaction de ma part qui ne vint pas, il n'ajouta rien. Et me sourit. Ralentissant son propos, il enchaîna.

— J'avoue que je l'ai vécue comme la perte de trop. J'ai rencontré ma femme la semaine qui a suivi, et je me suis dit quelque chose comme « un tien vaut mieux que deux tu l'auras ». Quel crétin je fais ! Je vivais depuis si longtemps à grande vitesse… Et il me fallait du concret. Je l'ai épousée… Tu connais la suite. Et maintenant, je vais…

N'osant plus bouger ni me toucher, je le sentis se pétrifier comme chaque fois que la bascule est une possibilité. Et une larme coula le long de mon visage.

— Oh, non, ne pleure pas !

— Ce n'est pas moi qui pleure… c'est la liqueur.

Alors, sans l'avoir anticipé, je vidais mon cœur qui n'en pouvait plus de tant de retenue.

— Je t'aime. À l'ultime soupir, je veux fermer mes yeux plongés dans les tiens, ma main dans la tienne.

Nous finîmes notre nuit dans les bras l'un de l'autre, dans l'attente du petit matin avec toute une vie à venir. Le temps n'attendra plus, il avait déjà été bien trop clément. Qu'il est bon de s'endormir des certitudes plein le cœur.

Aux aurores, alors qu'Ulysse était toujours endormi, j'allumai la radio et Reggiani me surprit avec son temps qui reste.

---

[1] Embrasse-moi, embrasse-moi fort comme si c'était…

Ô Fils, Au Temps Pour Moi

Ne résistant plus à tant de coups de semonce, je me sentis chavirer et pleurai sur tout et rien, sur hier et demain, sur mon secret, ce vaurien. J'avais si peur ! Le visage encore mouillé, je me recouchai tout contre sa peau chaude et l'embrassai tendrement sur les lèvres qui avaient encore le goût de la fièvre. Il me regarda de son regard brumeux, me sourit, m'entoura de ses bras, entremêla ses pieds aux miens, et alors qu'il ne pouvait comprendre l'ampleur de l'émoi qui me saisissait, but la dernière larme qui coulait dans mon cou, et me murmura de sa voix rauque qui résonne encore à mes oreilles :
— Je reviendrai.

Je ne te vois pas mais je te sais bien présent
Impitoyable, il souffle et tu t'envoles
Impuissant, si loin que tu disparais
Je ne t'entends pas mais je sens ton absence.

Becquée par becquée, je t'aurais nourri
Brindille par brindille, j'aurais construit ton nid
Nuit après nuit, attentif je t'aurais veillé
Jour après jour, captivé je t'aurais porté.

Aurais-je osé te pousser hors du nid ?
Aurais-je pu si… ?
Au loin, j'entends le vent se lever
Et jamais, je ne le saurai.

Tu es l'oiseau qui s'approche sans peur,
Le nuage qui flotte abuse ma candeur ;
Tu es l'étoile qui scintille, la pluie mutine
Le chien qui accourt et le chat qui câline.

Les Fées du Hasard

Puissant et vivant, plus que l'amour des amants
Résonne ton rire qui ne sera jamais
Pour toujours dans mon cœur, tu connaîtras l'éternité
Toi l'enfant qui n'est jamais né.

Autant de temps passé à y penser
Autant de sentiments mêlés
Au temps des illusions fanées
Ne reste qu'à pleurer l'enfant qui n'est pas né.

La lumière chaude dans un ciel profond de juillet
Dans chacun de mes pas ; chacune de mes pensées
Je te couve baiser par baiser d'éléphant
Et t'offre la liberté ; Vole au vent mon enfant.

Sophie – Victoire de l'Insolence sur l'Indolence

J'aime ce moment de digestion à la fin d'un festin. Le ventre repu, la tête au repos, la table nette débarrassée des restes, seul trône entre mes mains mon verre de digestif d'un alcool artisanal réservé aux habitués, que je déguste au rythme de Paolo Conte.

Aglaé et Noée sont à présent silencieuses. L'une doit songer à retourner dans sa maison, lieu de réconfort et de protection ; l'autre auprès de son mari pour s'assurer de sa présence au foyer, et toujours de sa compassion. Adélaïde, l'air soucieux, se remémore les actes du jour et prépare ceux de demain, les méninges en ébullition ; et Iris, les yeux rivés à sa montre, bouche tordue, s'inquiète de savoir si son petit être ne s'est pas étouffé dans sa couette. Les angoisses des autres glissent sur Sophie comme la pluie sur les plumes d'un canard. Indifférente à tout ce remue-ménage, elle est au-dessus de toutes ces considérations ; elle maîtrise.

La sagesse de Sophie ; la femme parfaite qui gère sa vie d'une main de maître.

Sophie a une demeure de charme dont elle n'a de cesse de nous vanter le confort et l'équipement à la pointe de la modernité qu'elle renouvelle tous les deux ans, au gré de la mode et des mondanités ; un mari aimant et véritablement charmant, jamais absent et toujours prévenant ; un poste de responsable commerciale qui, croit-elle, fait pâlir de jalousie toute personne normalement constituée ; et quatre beaux enfants, bien élevés, qui plus est toujours en bonne santé. Toutes les raisons de vivre avec le sourire dans la joie et l'allégresse. Belle maison, mari formidable, boulot excitant, gamins adorables. Que demander de plus ? Cela seul devrait suffire à son bonheur, et éveiller sa

137

sollicitude à l'égard de l'autre qui n'a pas eu la même veine ; mais tout au contraire hautaine, elle méprise celui-qui-n'avait-qu'à.

Sophie fait partie de ces femmes qui en imposent, à fort caractère ; parfaitement dédaigneuse, compulsive, elle ne laisse rien au hasard ; en manque d'empathie dès le premier regard, elle laisse les autres à part, goguenards. Celle qui n'a que peu d'égards ; car elle n'a jamais fait d'erreur, jamais d'excès, jamais d'écart. Du moins, pas de ceux qui se voient. Toujours tirée à quatre épingles, jamais ne dépasse une mèche, jamais ne plisse sa tenue, elle a la panoplie complète de la femme accomplie.

Mais, si on prend le temps d'observer, son sourire est surfait et son regard insatisfait. Jamais de cri pas même de rire, jamais de pleurs pas même de joie. Sa rigidité n'est qu'un camouflé qui ne laisse aucune place à la spontanéité. Extrêmement anxieuse, elle cherche à tout contrôler et y parvient plutôt bien. Ni heureuse ni malheureuse, juste nerveuse.

Mais la vérité est là. Les blessures les plus profondes sont enfouies dans l'antre de son âme, et l'empêchent de respirer. Cela l'a endurcie, l'a rendue froide et indifférente, creusant un fossé toujours plus grand entre elle et les autres, ne donnant sa confiance à personne. Personne avec qui partager, personne à qui se confier ; n'osant jamais rien dévoiler, pas même à son mari pour échanger et alléger ses pensées, elle est seule avec personne. Insidieusement, les médicaments sont entrés dans sa vie pour soulager son quotidien, et, plutôt que de combattre les causes, étouffent les conséquences. Une pro de la pilule. Les céphalées et les nausées ; les insomnies et les hernies ; les lipides, les rides et les glucides ; les bouffées de chaleur tout en cherchant la pilule du bonheur. Somnifère nocturne, caféine diurne ; pommade contre les palpitations, pansement contre les haut-le-cœur ; vitamine D pour les yeux, E pour les cheveux… Ses comprimés posés sur la table ressemblent à une famille d'obèses acidulés, petites gouttes de peps que Sophie ingurgite les unes après les autres, expirant comme elle expierait, à chaque gorgée aux abords de l'asphyxie.

Parfois, je me demande à quand remonte son dernier repas d'aliments solides à mâcher sans pilules pour les ingérer. Ses yeux, depuis longtemps, ont perdu de leur éclat. Le cocktail de la passivité et du conformisme l'a conduite là où elle en est. Et s'est contentée de répondre aux questions qu'on lui posait :

Quelles études veux-tu faire ? Alors elle a étudié.
Quand allez-vous vous marier ? Alors elle l'a épousé.
Où veux-tu habiter ? Alors elle a acheté un foyer.
Combien d'enfants veux-tu avoir ? Alors elle a enfanté.

Répondant aux Combien, Où, Quand, Quoi
En éludant de choisir et de se demander Pourquoi.

La Sagesse est une prouesse sans joie ni caresse. Voilà ce en quoi elle croyait et qu'elle avait accepté. Bien que parfaite, force est de constater qu'elle n'était pas heureuse. Sans savoir ce qui l'a provoqué, un beau matin, un brin plus chafouin que les autres, Sophie s'est vue dans la glace et a fondu en larmes d'un chagrin sans fin. Elle, si forte qui ne connaît ni l'espoir ni le désespoir, qui avait tout fait bien comme il faut, s'est vue vulnérable, perdue et dépourvue. Non, ce n'était pas elle ce reflet aux lèvres pincées. Non, ce n'était pas elle qui rêvait d'un beau manoir rempli de braillards ; ces petits êtres si fragiles et dépendants d'elle, que l'espace d'un instant elle exècre autant qu'elle-même. Non, ce n'était pas elle cette épouse modèle d'un mari si omniprésent qu'il en est oppressant, menant cette carrière de responsable commerciale ; son boulot si exigeant et méprisant, troquant depuis longtemps la sincérité pour l'hypocrisie tout en lui faisant croire qu'ainsi va la vie.

Petite fille aux pieds nus, elle était pétillante, exubérante, et dramaturge, se mettait en scène et disait à qui voulait l'entendre « les maisons, c'est fait pour les ermites, alors que moi je veux aller au zénith ! Dans les arbres, je veux une cabane, j'irai par les pistes de la savane au volant de ma caravane ; sans le sou, je serai exploratrice des grands espaces et des petits mondes, je dormirai sous les ponts ; je multiplierai les amants et n'aurai pas d'enfants qui m'obligeront à être maman ! »

Qu'il est loin le dessein de la petite fille ! Elle ne s'est pas trompée de vie, elle l'a juste oublié. Elle est devenue ce qu'elle redoutait et n'a pas assez de doigts pour compter les amis qu'elle n'a pas.

Mais, et elle le reconnaîtrait volontiers, il y en a un sur qui elle a toujours pu compter ; son mari. Pour autant, quand bien même cet homme était charmant, il est une vérité qui veut que l'on n'aime pas toujours les hommes charmants. Et l'adoration qu'il lui porte l'exaspère et l'insupporte bien plus que ne le permet une vie conjugale. Inconsolable, prisonnière d'une existence qu'elle subira jusqu'à la fin, elle en a défini les contours et a posé ses conditions ; ils feront chambre à part. Jamais plus elle ne se défera de ce regard vers ailleurs.

À ce constat, ce matin-là, elle a tout quitté. Maison, mari, boulot, enfants car plutôt que ces quatre et du qu'en-dira-t-on, elle est allée au-devant de l'autre et de ses extravagances. Elle a pris son vieux sac, a sorti sa vieille Peugeot 104, bleu canard sièges orange qu'elle aimait tant et qu'elle avait laissée au rancart depuis tout ce temps ; et elle est partie. Sans un mot de travers, sans un regard en arrière. Pendant toute une semaine. Nul ne sait ce qu'elle a fait et son mari, si bien attentionné, a protégé ses arrières en échafaudant un prétexte ; une grand-tante à visiter dans un pays lointain, priant pour qu'elle revienne au petit matin.

À son retour, il n'a pas posé de question, elle n'a pas donné d'explication. Elle a abandonné mari et enfants et n'est revenue que parce qu'il était trop tard. Trop vieille pour crapahuter dans la montagne, trop seule pour vagabonder dans un camping-car, trop triste pour jouer aux nouvelles compagnes ; trop tard. Ce n'était plus elle. Ses enfants sont vivants, son mari l'attend, elle le savait pertinemment, même si une part d'elle aurait souhaité qu'il la jette. Mais, sans fard sur le visage, les pommettes plus saillantes, le corps plus galbé et les yeux plus vivants, elle est revenue. Et, il lui a pardonné.

Et pourtant. Plutôt que pour les autres, elle avait fait le premier pas pour et vers elle-même. Ce premier pas qui la mènera à l'apaisement. Non par égoïsme, mais pour se soustraire au jugement des autres, s'affranchir de leur emprise, parvenir à ce qu'elle est. La sagesse, plutôt qu'une prouesse sans joie ni caresse, est une victoire de l'insolence sur l'indolence, l'audace d'un cœur vaillant à être un cœur coulant et insoumis à on-dit. Et peu à peu, elle reprend ses pinceaux et la gouache qu'elle avait laissés avec sa vieille Peugeot 104. Et peu à peu, sa vie se met en accord avec ses envies ; et peu à peu, elle profite. Et peu à peu, elle se confie à son mari ; et peu à peu, elle apprend à le connaître. Et peu à peu, elle apprécie l'homme formidable qu'elle ne savait pas voir et qui partage sa vie depuis tous ces jours et toutes ces nuits ; et peu à peu, il revient dans son lit. Et peu à peu, elle laisse sa maison déjà parfaite telle qu'elle est ; et peu à peu, la famille d'obèse acidulé disparaît. Et plus jamais elle ne remettra d'escarpins. Et depuis, chaque jour dans sa douche, ils l'entendent siffler à travers la maison avant qu'elle ne sorte de la salle de bain les cheveux tout mouillés qu'elle laissera sécher au vent. Enfin, elle ose être elle-même et son mari se réjouit chaque jour de voir s'épanouir celle qu'il a toujours vue ; et toujours chérie.

Le qu'en-dira-t-on. Certes, je n'ai jamais définitivement cédé au qu'en-dira-t-on mais c'est Lui qui m'a fait perdre tant de temps. Si j'ai décidé de m'installer ici, c'est cependant Lui qui me retint un peu plus longtemps là où j'étais censée vivre, au milieu des autres car « qui veut vivre au milieu de nulle part » ? Si j'ai choisi ma filière, c'est Lui qui m'obligea à finir mes études et à ne pas en changer car une carrière, ça se construit. Si j'ai voulu rompre avec un amant, c'est Lui qui m'empêcha de profiter de mon célibat car l'horloge tourne voyons ! Le qu'en-dira-t-on. N'était-ce pas Lui qui, par ses propos, faisait naître le doute et l'angoisse pour me soumettre à son bon vouloir plutôt qu'au mien ? Ne m'étais-je pas laissée envahir par sa volonté, ou son manque de volonté, pour enfin anéantir et mettre un terme avant d'arriver à terme ? J'avais failli me perdre dans les rouages de l'engrenage. Ma faiblesse m'insupporte, ma faute est immense et la colère me submerge.

> Bien au-delà de notre conscience, naïve et oisive
> Au début anodine, parfois par surprise, souvent tardive
> Boudant ses boutures, refusant de voir les liens qui se tissent
> Une fois installée, Pivoine survit à tous nos caprices

J'aurais pu, j'aurais cru mais jamais je n'aurais dit que j'aurais dû. Et je lutte. Qu'en est-il vraiment aujourd'hui ? De mes passions intérieures à mes amours antérieures, moi qui tombe de la Lune à chaque ronde, je ne sais plus quel est mon monde. Et je songe. Chaque nuit je revis les non-dits. Chaque nuit, mille fois, depuis, j'ai vécu nos retrouvailles. Ainsi, la nuit dernière, j'ai rêvé qu'il revenait. Depuis la fenêtre de la cuisine, je le vois magnifique, mais les traits tirés. Et je sors sur mon perron.

— Tu as une sale tête !
— Tu peux parler !
— Qu'est-ce que c'est que ça, lui demandai-je montrant le vélo rose avec son panier à ses côtés.

Visiblement et légitimement, je suis sur la défensive.

— C'est un vélo.

— Je le vois bien que c'est un vélo ! Qu'est-ce qu'il fait dans mon jardin ? Et toi ? Qu'est-ce que tu fais là ?

— C'est mon vélo. Je suis venu te chercher.

— En vélo ? Mais tu habites à plus de trois cents kilomètres !

— Je sais ! Mes mollets le savent ! J'ai pédalé toute la nuit. Mais, tu ne sais pas ? Je ne t'ai jamais dit que je peux faire des miracles ?

— T'avais pas des « obligations » ? l'assénai-je d'un ton méprisant.

— Je suis revenu… Comme je t'avais dit !

— Pas « dit », promis !

— Oui, c'est vrai… Et me voilà !

— C'était il y a un an !

— Je sais…

— Et c'est trop tard.

— C'est jamais trop tard.

— Si, c'est trop tard, Ulysse. Je vais mourir.

— Moi aussi.

— Non, je vais mourir. Bientôt.

— Mais je suis là, maintenant.

— T'as dormi ?

— Non…

— Ça se voit !

— Merci ! J'ai apporté des croissants, ajouta-t-il levant le petit sac blanc en papier croustillant et tout chiffonné. Tu vas bien me faire un café ?

Sur le pas de la porte, il passe ses bras autour de mon corps frêle et je m'abandonne cédant à l'envie de lui faire confiance ; un corps maltraité par de longues années de souffrance qui ne connaît ni le repos ni le répit, qui enfin peut se laisser attendrir, lorsqu'un frisson remonte jusqu'à mon cou et la base de mon visage. En un instant, une légère intensité m'envahit pour supporter le poids de ses mots. Il avait pris son vélo, avait traversé les montagnes qui nous séparaient et je le retrouvais sous mon figuier, rayonnant de l'avenir qui nous attendait.

— Anaïs Anisé ?

— Oui ?

— Je vous aime.

— Non !

Et je me réveille. En pleurs et en sueur. Pourquoi lui dis-je non ? Moi qui l'attends. Pourquoi lui dis-je non ? Je n'ai aucune envie de lui dire non. Les rêves sont si étranges…

Il a fallu accepter les retards, faire face aux bourrasques, se protéger du Soleil, apprécier la pluie, laisser tomber ; faire preuve d'indifférence, accepter l'impuissance. Pour enfin en arriver là, ici et maintenant. Par la fenêtre, j'admire la Lune qui fait enfin sa première apparition de toute la soirée.

Quelle crise si grave vit le coucou
Qui, chaque heure, annonce le temps et crie coucou.
Jamais de toute une vie quiconque ne vit un coucou
Quitter sa niche, prendre ses ailes à son cou.

Son nid est plein mais son cœur est vide
S'échapper loin de son nid tel l'intrépide
Risquer le bec dans l'eau, être banni
Tenter de vivre son temps, c'est l'aventure d'une vie.

Compter les heures c'est le ras-le-bol
S'envoler au loin, il rêve et caracole
Laisser quelques plumes et deux trois bricoles
Peu importe, il rafistole.

Sophie – Victoire de l'Insolence sur l'Indolence

Ne pas courir derrière mais vivre avec,
Résister à quelques coups de bec.
C'est l'excitation, la vie, les déceptions
C'est ici et maintenant, sans concession.

Malgré les embûches et les culs-de-sac
Malgré les détours et les ressacs
S'obstiner, s'aveugler et vivre à perdre haleine
Qu'en aurait donc pensé Verlaine ?

Il a pris ses ailes à son cou jusqu'à Kourou
S'est étouffé, usé, gelé comme un flocon
Pour enfin calmer et apaiser son courroux
À présent, il peut retourner dans son cocon.

En un instant, toute velléité s'est évanouie
Enfin fière de faire coucou, même que pour lui
Plus jamais il ne connaîtra l'ennui.
Bien dans sa vie, avec passion il fait cuicui.

Anaïs — L'Envol du Coquelicot Passion en un Délicat Papillon

Anaïs — L'Envol du Coquelicot Passion en un Délicat Papillon

Toutes les cinq - Aglaé, Noée, Adélaïde, Iris et Sophie - se sont battues pour se réaliser, apportant de l'importance à ce qui, aux yeux de tous, sont les indispensables de la réussite. La réussite avec un grand « R », pour les cinq aime avec un grand « M ». M comme Maison, M comme Mari, M comme Métier, M comme Maternité et M comme Maturité. Et pourtant…

L'immutabilité d'Aglaé ; Aglaé a son foyer certes, mais insipide et ennuyeuse, elle arrose ses ragots au goulot pour passer le temps et frissonne à longueur de saison dans une maison froide et sans âme d'un rêve fané. L'hyménée de Noée ; Noée a le mari tout désigné, belle contenance sans bienveillance, vaniteuse, elle fume et inhale tout ce qui passe, et sa générosité s'est muée en une tentative désespérée et exclusivement destinée à se faire aimer dans un rêve galvaudé et artificialisé. La persévérance d'Adélaïde ; Adélaïde a sa brillante carrière, mais véhémente et *workalcoholic*, carrée dans son corps comme dans sa vie, elle est la première victime de son engagement, reste sourde et ignore ses rêves. La parentalité d'Iris ; Iris chérit son enfant mais, totalement asséchée et déprimée, accentue sa solitude et se dévalorise en cherchant dans le lit de tous la famille qu'elle ne pourra jamais y trouver ; à s'obstiner, faute de patience, elle s'est trompée de rêve. Et Sophie ; la sagesse de Sophie, la sagesse comme synonyme de stabilité et de pondération, soumise entièrement au diktat du on-dit-que, si parfaite, si complète, si mature, pleine de certitude et de condescendance, n'en était pas moins une pro de la pilule, un camouflé pour une blessure bien plus béante que je ne peux l'envisager, n'ayant jamais osé rêver être elle.

Aglaé, Noée, Adélaïde, Iris et Sophie n'ont cherché que le chemin le plus court et le plus facile à la réalisation de soi ; la Réussite. Faisant ce que le plus grand nombre estime être la clef du bonheur, éludant celle qui est aux yeux de leur cœur. Lorsqu'il s'avérait que leur désir réalisé n'était pas leur rêve, elles se sont obstinées à s'y accrocher, refusant de remettre en cause leur certitude et de tout recommencer à zéro. Où est la frontière entre persévérance et obstination ?

Il est évident que concrétiser nos plus grands désirs laisse souvent un goût amer. Comme les souhaits formulés à un petit génie, pour réaliser un vœu il faudrait concéder un rêve. Alors peut-être avaient-elles raison, après tout ?

Pour ma part, j'ai partagé les mêmes quêtes à conquérir ces cinq M, mais lorsque le constat était fait que je me trompais de rêve, je ne me suis jamais acharnée. Je n'ai eu de cesse de ruer dans les brancards, contredire, aller à contre-courant, faire des écarts. J'ai osé. J'ai tenté. Je me suis obstinée, ravisée, révoltée ; j'ai accepté, erré, cherché, rarement trouvé. Je me suis offusquée, j'ai renoncé, j'ai vécu ma vie en refusant celle des autres, et plus encore celle que l'on me dictait ; je cédais face aux éléments, jamais face aux gens. Je me réinitialisais, lorsqu'il devenait évident que je faisais fausse route, je cessais et me transformais. À quinze ans, les médecins m'ont dit « profitez-en, vous n'en avez que pour six ou huit mois ». Sans peur, ayant acquis la certitude que demain serait le jour de ma mort, ce manque de perspective ne m'exhorta ni à construire l'avenir ni à vivre pleinement le présent, mais plutôt à l'attendre. La mort. Elle qui se voulait dominante n'allait pas me prendre par surprise. Consciente de sa présence et de son imminence, et bien que peu délicate, elle a renforcé mon désir d'agir, non pas selon l'opinion des autres mais selon mon bon vouloir. Cela dit, ignorant tout de ce qu'était mon bon vouloir, cela m'obligeait à chercher plutôt que de me fourvoyer dans des rêves imaginaires qui n'étaient pas les miens, avec quelques faiblesses qui jalonnèrent ma vie. Faire le tri entre chimère et réalité, entre vœu pieux et prière. Au fond, je ne me suis jamais trop foulée, juste de quoi ne pas céder à l'ennui ; et je me la coulais douce avec quelques embardées impulsives.

Et alors que chaque jour était un tourment qui succède à celui de la veille, je faisais des choix auxquels j'avais à peine pensé sans craindre leurs conséquences. En manque de perspective, je misais tout sur la spontanéité, un brin capricieuse. Et n'hésitais pas à en changer. Instabilité.

Toutes ces vies qui se sont succédé, je m'amuse parfois à les compter et nargue le chat qui les gaspille. Combien d'adresses ? J'en oublie toujours une. Combien de déceptions ? Je ne les compte plus. Combien de démissions ? Jamais assez tôt. Combien d'enfants ? Je n'ose y penser. Combien de solitude ? Inquantifiable. Une vie de rupture.

J'avançais par un chemin de traverse sous quelques averses, certes, mais le chemin vers mon destin heureux dans un mouvement perpétuel en harmonie avec la vie. Cela avait été plus dur et plus compliqué, plus long aussi, mais aujourd'hui je sais qui je suis. C'est le changement qui m'a fait grandir. Créer le tourbillon qu'était ma vie. Et parfois ne pas fuir la routine ; et parfois accepter l'ennui. Droite et fière face au Soleil, je courbais face au vent et faisais mes valises quand il devenait trop violent. Ce qui finalement apparaît pour de l'instabilité aux yeux de certains n'était autre que de l'adaptabilité.

Non, Sophie, ce n'est pas un enchaînement d'échecs, c'est une succession de tentatives. Si je suis inapte, je suis néanmoins cap'. Au fond, ma plus grande transgression est ma cap'attitude. Cap' de changer, cap' de recommencer, cap' de tenter, cap' d'échouer. J'ai la cap'attitude.

J'ai la prétention de les estimer prisonnières de la

résignation, soumises au bienséant, sans même se demander pourquoi ; je les juge à vivre des existences qu'elles ne se sont pas choisies quand elles misent tout sur l'acceptation de leur sort. Et pourtant. Quand bien même elles ne se disent pas heureuses, elles ne s'estiment pas malheureuses pour autant ; bien qu'insatisfaites, elles aiment la vie qu'elles mènent, et, si c'était à refaire, elles referaient pareil.

Moi, quand bien même je faisais des choix, j'étais constamment dans le doute et n'avais de cesse de les remettre en question en me demandant pourquoi. Pourquoi avais-je décidé ainsi ? Pourquoi pas comme cela ? Que se serait-il passé si… ? Il était alors devenu impossible de m'accepter ; les regrets régnaient.

Sans compter que je croyais que l'amour était ce vers quoi il fallait tendre, obstinément. J'avais tort. Ulysse s'est contenté d'aimer ce qu'il vivait ; les ascendants, les amants, les charmants, la descendance, mettant l'amour au cœur de son temps ; ne pas chercher mais exister, ne pas se demander mais décider.

Et comme à son habitude, Ulysse s'invite à mon esprit. Ulysse le savait et l'avait pratiqué toute sa vie. Vivant le moment présent en injectant l'amour dans les pavés sous ses pieds plutôt que de le poursuivre comme l'objectif au bout du chemin, acceptant son chambardement comme un navire au roulis de la vague, dicté par son instinct, respirant pleinement le moment ; dans le présent.

Il accepte le temps avec son rythme, ses soubresauts, ses lenteurs, tel un poisson dans l'eau ; il accepte le temps passé sans se soucier de ce qu'il reste, et se délecte de la concomitance des événements.

Tout ceci avait été si étrange ! Cette complicité que son père entretenait avec le notaire, mon père. Je n'avais pu m'empêcher de me gonfler d'orgueil au son de tant d'éloges à l'endroit de mon père. Je le savais déjà qu'il était très apprécié pour ce qu'il était, mais l'entendre de la bouche d'un inconnu est sans commune mesure.

Et il y avait eu cet examen. La Chartreuse. Comment était-ce possible ? Il est vrai que, cette année-là, je l'avais passée dans la région chez une tante pour une raison qui m'échappe aujourd'hui. Au fil de son récit qu'il aimait tant à être exhaustif, il passait pourtant à côté de l'essentiel. J'avais déployé beaucoup d'énergie pour ne rien lui montrer. Je m'étais toujours demandé qui avait pu être cet inconnu qui avait été témoin de cette humiliation. Je n'avais pas pris le temps de me retourner pour le voir… Mon inconnu. J'aurais tant voulu qu'il me reconnût. Mais non. Rien.

Nous. Nous, à travers nos pères ; nous, à travers ce livre. Bien sûr, il y avait la maison. Cette maison qui fut celle de ses parents et dans laquelle il avait vécu, il la connaissait. Nous, au milieu de ces montagnes ; c'était vertigineux.

Et ce baiser… Mon inconnu dans la rue ! Encore ! Comment oublier ? Et la moutarde violemment me monte au nez. L'incompréhension, l'agacement puis la colère, presque de la peur. Il ne m'avait pas reconnue ! Jusqu'à cette nuit, l'année dernière, une nuit de promesse… Et j'attends.

Nous nous étions tant croisés sans nous voir et chacun était reparti perdre son temps ou le vivre, ailleurs, ignorant le temps qui file, croyant en sa longévité et son éternité. Décidément, ce fil du temps n'eut de cesse de nous taquiner ; dans l'air et dans l'espace, des clins d'œil auxquels nous fûmes invariablement aveugles.

Bouton d'or ; comment imaginer qu'il puisse me faire du
tort
Si petit, si jaune, si fragile
Il me tachera pourtant de façon indélébile.

Le Hasard, l'excuse des braves ;
La Destinée, le souhait des timorés ?

Coincée dans mes « et si » et mes « pourquoi », je déplorais de ne pas avoir cette maison, mon foyer tant recherché, de ne pas avoir ce mari avec qui je fêterais mes noces d'émeraude, ni même de perle ou de porcelaine (de toute façon, la première est la plus vulnérable, la deuxième est périssable et la troisième friable), tout comme je ne ferai jamais carrière mettant mon nom en haut de l'affiche de la postérité ; et surtout, je pleurerais mon petit être disparu pour le reste de mes jours.

La perception des choses est si différente pour chacune d'entre nous. Il est vrai que nos vies ont pris des directions diamétralement opposées, mais à partager nos larmes sans jugement même de la part de Sophie, et nos rires sans sanglots même de la part d'Iris, il semble par moment que nous n'existons que par la présence des autres…

En allant à ces dîners, je voulais défier tout ce que je ne suis pas, pensant que là était l'essentiel, alors que je ne suis pas elles. Il fallait que j'affronte ce que je suis, et non pas ce que je ne suis pas. Il me fallut toutes ces années pour comprendre que je n'étais pas si mal avec moi-même, et rien de ce qu'elles sont ne me fait plus rêver. Peu importe ce qu'elles sont devenues, ce ne sont ni mes rêves, ni mes choix, ni mes échecs. Ceux-là ne peuvent alors pas faire mon bonheur.

Comme elles, j'avais cherché une maison, un mari, un métier, la maternité, la maturité avec un grand M comme j'aime… Et pourtant ! Quelle hérésie ! Et nous nous noyions dans les propositions ! Je croyais tout et n'importe quoi, ce qui revient à rien. Moi aussi je faisais fausse route. J'avais perdu mon temps à chercher ce que j'aimais, plutôt que d'aimer ce que je vivais. Il était temps pour moi de simplement être moi.

Aglaé, Noée, Adélaïde, Iris et Sophie. En vérité, toutes

ces femmes n'étaient que mes potentialités, les « si j'avais » qui n'étaient pas ma destinée. Les « si j'avais » que je n'ai pas fait. Les « si j'avais » que je ne serai jamais. Les « pourquoi pas » qui n'existeront pas. Et après toutes ces années à les admirer et à les regretter, je prends conscience que leur bonheur n'est pas le mien. Je me jure de ne plus jamais faire ces dîners et d'accepter enfin ma vie telle qu'elle est. Enfin, je suis prête à leur dire adieu. Enfin, je suis prête à apprécier et vivre ma vie.

Aglaé, Noée, Adélaïde, Iris et Sophie, les cinq petits bouts de moi ; les petits bouts de moi que je ne serai pas, mais que je ne regretterai plus. Elles m'ont tenu compagnie, m'ont aidée à penser, mais à présent je sais que je peux m'en passer.

Je ne veux plus vivre avec des si, avec les fantômes de ces vies ; de ma vie. Des fantômes. Je souris car mes fantômes ont pris la fuite. J'ai réussi à les décourager de m'envahir plus longtemps. Je les ai aimés mais maintenant, ils vont me laisser vivre. Je n'ai plus besoin d'eux.

À quoi bon, *what if* ; pendant un temps, être naïf.
À quoi bon tenter l'acrostiche ; quelques instants, céder aux pastiches.

Toutes les cinq, cinq petits bouts ; cinq petits bouts pour un tout.
Cinq femmes pour une même âme ; seule avec mes yeux, je leur dis Adieu.

Maintenant libérée de leur poids, je peux enfin penser à l'essentiel. Et faire comme Ulysse, ne plus me demander pourquoi.

Aujourd'hui, j'ai ma maison et ma mini puce, Raphaëlle, qui dort bien sagement dans son lit auprès de Maureen. Et ma petite Destinée, si tendre et si fidèle. Je n'ai pas de carrière à mener mais je suis ébéniste ; je restaure. Je sens bien que ce n'est pas encore ça, mais pour le moment ça me va et je sais que ça viendra… Tout ceci n'est pas grand-chose et n'a pas l'envergure des plus grandes mais je sens que je peux me détendre, et profiter. Profiter…

Pour le mari… au moins ai-je connu l'amour. C'est déjà pas mal, n'est-ce pas ? Et même si aujourd'hui ma liste est incomplète, que je n'ai que mes deux et demi, un foyer, un bébé et une promesse, je peux au moins me réjouir de pouvoir dire : oui, oh oui je suis bien ici et pour l'avenir.

Ce dîner avait la saveur des derniers repas alors qu'à bien y regarder il a le goût de la naissance. Encore une. L'enveloppe à fenêtre transparente me l'a dit. Plutôt qu'un postlude, c'est un prélude au crépuscule du matin ; c'est l'aurore tout à la fois occidentale et orientale, c'est l'estival tout à la fois austral et boréal. Fini le silence, je siffle. Plus de vide dans ma vie, je suis avide de vivre. Chaque jour. Ça va être fantastique !

Je ne saurais dire l'heure qu'il est, et je m'en fiche. J'ai passé un excellent moment. Et tout à coup, je ressens une douceur, une chaleur, la légèreté d'un corps qui cesse de lutter. La souffrance, elle aussi, a ses limites. Ma vie de sursis est finie, je peux enfin m'autoriser à respirer, et accepter ce que je suis ; une passante de mon existence. Je suis en rémission. Après ces années de tergiversations et l'invasion de la léthargie, la vitalité m'envahit ; et l'envie aussi. Je veux profiter et surtout ne plus attendre. Je me surprends à me demander quel temps il fera demain et pour la première fois de ma vie, j'envisage le lendemain. Toute une vie m'attend à la maison auprès de ma fille et de ma chienne. Mon ciel s'éclaircit et je sens que tout est possible.

Je n'ai que mon imagination pour avancer car je n'ai aucun moyen de le joindre. Il n'a pas de courriel et nous n'avons pas échangé nos numéros, mais lui sait où me trouver. Et il va revenir. Et quand il le fera, bientôt, alors je lui annoncerai qu'il est le père de notre petite Raphaëlle, et nous formerons la famille que nous avons toujours voulue. Et je serai heureuse. Enfin ! Je serai heureuse parce qu'il sera là. Enfin ! J'ai si hâte de voir sa joie ! Ce sera merveilleux !

J'ai toujours imaginé aimer ou mourir. Maintenant que je ne meurs plus, je veux et je peux aimer ! J'ai confiance mais j'ai un moyen. Maureen…

Dans l'air paisible de la salle de restaurant, je lève les yeux et il ne reste que moi, seule, à ma petite table pour une personne, avec à boire une dernière gorgée de mon verre de digestif entre les mains.

— Alors, ça t'a plu ? me demande Augustin alors qu'il pose l'addition sur la table.

— Oui, très bien, dis-je sortant mon portefeuille, un œil sur la note où ne figure que le champagne.

» Euh… Il y a erreur… T'as dû te tromper de table…

— Non, absolument pas. Et ne discute pas.

Alors que je m'apprête à refuser, Augustin lève la main, péremptoire.

— Ne dis rien. Tu me vexerais. Je ne plaisante pas. Aujourd'hui, c'est jour de fête ! Et maintenant, finis ton verre, je te raccompagne chez toi avec ta voiture.

— Et toi, comment vas-tu rentrer ?

— À pied…

— Non, garde ma voiture, tu me l'as rapporteras plus tard.

— Non, je ne peux pas… et de toute façon, marcher me fera du bien.

— Comment ça « tu ne peux pas » ?

— Viens, je t'expliquerai.

Son ton est véritablement autoritaire, alors je m'exécute et nous montons en voiture, lui s'installant au volant.

— Bon, alors, tu viendras demain ?

— Tu veux vraiment que je sorte ! Écoute, je ne sais pas… peut-être. Ça dépendra de… enfin, on verra. Mais, de toute façon, on se verra dans la semaine, je pense revenir dîner…

— Je ne serai pas là…

— Comment ça « tu ne seras pas là » ?

— Je pars pour six mois… Je vais faire une formation culinaire en itinérance dans toute l'Europe, m'explique-t-il tout excité. Je la prépare depuis des mois. C'est une opportunité incroyable ! Je vais découvrir de nouvelles cuisines, de nouveaux ingrédients, de nouveaux condiments, de nouveaux agencements pour de nouvelles saveurs, avec un volet zéro gaspillage pour réduire toujours un peu plus les pertes et optimiser ce qui est. Sans compter que dans chacun de ces pays, nous allons avoir la chance de rencontrer et de cuisiner avec de grands chefs qui partageront avec nous leur savoir-faire, tu te rends compte ? J'ai hâte ! Après ça, je pourrai encore enrichir la carte du restaurant avec des plats inédits toujours en collaboration directe avec les producteurs… Peut-être que je ferai des jours à spécialités, des semaines à thème… Tu viendras faire le cobaye, si tu veux…

— C'est formidable ! Quel programme ! Mais, et le restaurant justement ? Qui va s'en occuper ?

— Ce n'est pas un problème, je le laisse entre de bonnes mains, il restera ouvert. Je n'ai aucune inquiétude.

— Et tu pars quand ?

— Juste après la soirée…

— Oh, c'est du rapide… dis-je perplexe.

Il se ravise alors qu'il s'apprête à ajouter quelque chose. Après un court silence, il reprend.

— J'ai un cadeau pour toi.

— Un cadeau d'adieu ?

— Mais non ! Ne dis pas de bêtise ! C'est pour fêter ta

rémission, comme tu dis. Moi, j'appelle ça une guérison ! Tu
devrais y songer, d'ailleurs, à changer ton vocabulaire… Cela fait
un moment que je l'ai et que j'attendais de pouvoir te l'offrir.
J'étais sûre que ce jour arriverait. Ferme les yeux et tends la main.

Tandis que je m'exécute, je sens un petit objet froid au
creux de ma paume.

— Vas-y, ouvre.

Sous mes yeux, je découvre une petite pierre d'un bleu
Klein limpide qui, me semble-t-il, s'assombrit légèrement au
contact de ma peau.

— C'est une pierre très spéciale, tout comme toi, précise-
t-il sans trop oser, mais un sourire au coin des yeux. Prends-en
soin, elle m'est précieuse.

Alors que je la lève à hauteur de mon regard, je ne peux
que constater son incroyable éclat, non pas comme celui d'un
diamant mais celui plus profond et à la fois plus impénétrable et
translucide des hauts-fonds.

— Merci beaucoup, elle est magnifique !

Dans l'habitacle de ma voiture, nous aurions pu rester
des heures à discuter et à profiter de la myriade d'étoiles
tranchantes, si belles dans cette nuit d'encre, et de la Lune pleine
et crémeuse éclairant les reliefs de son reflet. Je me saisis de mon
bourdon qui m'accompagne et me supporte maintenant depuis
tant d'années, et je sors de la voiture. Certains ne sortent jamais
sans leur chapeau, moi c'est jamais sans mon bourdon. Pendant
un temps, j'avais cédé au complet-veston, et j'assortissais mon
bourdon d'un chapeau melon. Mais, Augustin me le prend des
mains et me donne le bras ; arrivés à la maison, il m'ouvre la
porte. Il est si simple d'être à ses côtés.

— Bon, alors, à demain ?

Son regard est puissant de volonté. Je lui réponds de mon
sourire le plus large, plongeant mon regard dans le sien pour
m'assurer qu'il sache combien il compte pour moi. Son sourire

acquiesce sans l'ombre d'un doute.

— Merci, Augustin ! Bonne soirée.

Le son de sa voix m'accompagne lorsque j'entre dans ma maison, dont l'odeur familière me réchauffe le cœur avec un petit quelque chose en plus, plus doux. Je me dévêts de mon manteau et Maureen fait son apparition au salon au moment où je rajoute une bûche dans l'âtre.

— Eh ! T'es rentrée ! Comment vas-tu ? Alors ta soirée ?

— C'était très bien. Très… libérateur ! Et comme toujours, délicieux.

— Ah, très bien. Et comment va Augustin ?

— Il va bien. Il t'embrasse. Mais, j'ai plus important encore… Tu sais quoi ?

— Non, dis-moi ?

— Tiens, lis ça, lui dis-je tout en lui tendant le papier de l'enveloppe à fenêtre transparente.

Concentrée, elle, comme moi, est habituée au charabia médical et en saisit la teneur.

— Mon Dieu ! Mais c'est fantastique ! crie-t-elle de joie, manipulant le courrier dans tous les sens pour s'assurer qu'aucune information malicieuse ne s'est glissée dans un coin ou sous une étoile. Mais, quand l'as-tu reçu ? Pourquoi ne m'en as-tu pas parlé plus tôt ? Ces résultats datent d'il y a quelques jours déjà…

— C'est vrai, je l'ai reçue il y a quelques jours, mais je ne l'ai ouverte que tout à l'heure, avant de partir. Je redoutais…

— Oh, je suis tellement contente pour toi !

— Merci. Ça m'a fait tout bizarre au début... Un whisky pour fêter ça ?

— Oh que oui ! Un double même !

Je saisis deux verres à whisky en cristal, et nous sers généreusement, mettant à chacune un glaçon, comme on l'aime.

— Tu dors ici ? Tu prendras mon lit, je dormirai sur le

canapé !

— Je ne refuse pas. Ce n'est pas bien loin la porte à côté, mais j'ai la flemme, et puis je suis trop excitée pour rentrer ! Mais je prendrai le canapé, t'inquiète. Et puis, j'aime m'endormir devant ta cheminée.

— Dis, tu savais que s'organise une fête de l'Amour ? C'est Augustin qui m'en a parlé tout à l'heure…

— Oui, bien sûr, tout le monde ne parle que de ça. Tu le saurais si tu sortais un peu, s'exclame-t-elle tout en faisant tourner le liquide ambré dans son verre.

Maureen, tout comme ma sœur Thaïs, sait qu'Ulysse est le père de Raphaëlle. Et que je l'attends. Un jour que j'étais déprimée, je le lui racontai. Sa venue impromptue, notre soirée, la nuit passée ensemble et sa promesse. Puis ma grossesse. Cela m'avait beaucoup soulagée d'avoir quelqu'un avec qui partager ce secret. D'autant qu'ils se connaissent très bien. Si Maureen, Augustin et moi avions passé l'enfance ensemble, ils avaient rencontré Ulysse sans moi et avaient partagé l'adolescence. Je ne l'appris que lorsque nous en parlâmes.

— Ce serait super si j'y allais avec Ulysse ! Le *timing* serait parfait s'il revenait demain matin, et hop ! Demain soir on serait tous là pour les festivités, à célébrer l'amour, la vie, le bonheur quoi ! Pour la première fois, nous serions tous les quatre réunis, et je serais au bras d'Ulysse et…

— Anaïs…

— Tu te rends compte, ce sera merveilleux ! Ulysse rencontrera sa fille, je lui raconterai tout, ma leucémie, la rémission et nous serons tous tellement heureux ! Vraiment, ce sera merveilleux ! Tu sais, Ulysse, il…

— Anaïs…

— Quoi ?

— Il faut que je te dise quelque chose.

— Quoi ?

— J'ai eu Ulysse au téléphone…

— Ah bon ? Quand ça ?

— Il y a quelques mois déjà… En mai, je crois. Un peu plus tard, peut-être.

— Tant que ça ! Et tu ne me le dis que maintenant ?

— Tu étais enceinte et bouleversée, ta grossesse était déjà difficile, tu venais de me raconter pour vous deux. J'avais peur pour toi… Et ce n'était pas à moi de te le dire. Je l'ai conjuré de t'appeler…

— Tu lui as dit pour Raphaëlle ? Il t'a dit quand il revenait ?

— Non, ça n'était pas à moi de le lui dire. Anaïs… Il ne revient pas.

— Comment ça, il ne revient pas ? Bien sûr que si, il revient ! T'as mal compris ! Il a peut-être eu un contretemps, ça arrive, c'est pas grave. Il m'a dit qu'il revenait… Normalement…

— Non. Écoute-moi… Je ne me trompe pas. Il partait pour l'Alaska faire une excursion sur le glacier Mendenhall, je crois. Il était tout excité. Il m'a dit qu'il avait peur de recommencer à s'encroûter, qu'être « rangé » c'était décidément pas pour lui, que le divorce était une occasion de reprendre sa vie là où il l'avait laissée, que ça lui avait fait l'effet d'un électrochoc. Il n'avait plus qu'une envie, repartir.

» Je suis désolée Anaïs. Je n'ai rien pu faire, je ne pouvais pas lui dire… Je lui ai simplement dit que je savais pour vous deux, que vous vous étiez rencontrés, qu'il fallait qu'il t'appelle… Qu'il ne pouvait pas partir comme ça… Mais tu sais, il a toujours été comme ça. C'est un va-par-monts-et-par-vaux, il va et vient, personne ne sait jamais ce qu'il devient, ni quand il revient. C'est un homme de passage, toujours dans le mouvement, il apparaît et disparaît à sa guise. Jamais joignable, il n'a ni téléphone fixe, ni domicile fixe, ni portable d'ailleurs ; c'est toujours lui qui appelle. Ce qu'il a fait…

Anaïs — L'Envol du Coquelicot Passion en un Délicat Papillon

— Mais…

— Je suis tellement désolée, Anaïs…

Jamais il ne saura cette succession de hasards d'un gigantesque désastre. Il court après le bonheur espérant laisser derrière lui le malheur ; une fuite en avant et jamais ne construit son avenir. Et le voilà absent. L'absent prend le temps que le temps ne lui donne pas. Ulysse connaît le bonheur de vivre pleinement dans le présent, mais il a oublié que l'Amour ne se vit pas que pour soi. Le seul qui ne souffre pas de dérogation, le seul qui n'a de sens que s'il est partagé ; le seul qui ne supporte pas l'absent.

C'est l'intimité avec l'autre, c'est l'intimité qui permet d'être soi-même qui me plaît ; a fortiori, il ne peut pas avoir de sens avec l'absent.

C'est bête, avec ce prénom, j'aurais cru qu'il serait revenu…

À poursuivre l'Amour, il s'évanouit.
À le vivre seul, il se recouvre d'un linceul.

Me renfrognant et me crispant, je sens la pierre au fond de ma poche d'où je la sors. La pierre a soudainement perdu de son éclat ; la pierre précieuse est devenue terreuse.

— Qu'est-ce que c'est ? me demande Maureen.

— Rien, juste un caillou, et je le jette négligemment sur le canapé avant de monter me coucher. Je me sens si lasse, si usée.

— Excuse-moi, Maureen, je suis fatiguée, j'ai envie d'aller dormir.

— Je comprends. Anaïs… ?

— Oui ?

— Je suis vraiment désolée.

— Je sais, t'en fais pas. Bonne nuit.

— Dors bien, on se voit demain matin.

Il n'y avait rien d'autre à ajouter. Ulysse était parti sans prévenir ; il ne reviendra pas. C'était un bonimenteur ! Serais-je tombée sur un bonimenteur ? Il ne manquait plus que « Lui » ! Et de trois !

Après le petit déjeuner, je confie ma petite chérie à Maureen pour quelques jours en lui promettant de la tenir informée. Je passe les jours suivants enfermée chez moi, emportée par le désastre de ma vie, m'enivrant de la fin du doute, prenant conscience à nouveau chaque matin, sombrant un peu plus chaque soir, et je pleure du soir au matin. Il est si probable qu'il n'y ait qui que ce soit pour moi nulle part… Qui que ce soit pour rire à mes blagues, qui que ce soit pour apprécier ma peau, qui que ce soit avec qui me chamailler, qui que ce soit avec qui bouder, qui que ce soit avec qui me réconcilier ; qui que ce soit avec qui manger et m'enivrer ; qui que ce soit avec qui passer le temps.

Et j'écoute Amy Winehouse.

Qu'avais-je donc semé pour récolter tant de larmes ? Et je songe à maman. Elle qui était si radieuse, si amoureuse, qui avait tant à vivre ! Quelle injustice ! À quoi bon être en rémission ? C'était absurde ! Je croyais que le pire en amour est de mourir, alors que c'est de partir ; de surcroît de son plein gré.

Pendant un temps, j'espère que Maureen a eu tort car, au fond, qu'en savait-elle de notre relation ? Ulysse allait revenir, il me l'avait promis. Après Mendenhall, peut-être ? Mais, les jours, les semaines continuent de défiler et il n'y a toujours personne.

Je n'aime pas le vert. Un petit matin, après une nuit de coma, je me réveille plus fatiguée que la veille, les yeux gonflés, sans larmes, ivres de colère, j'ouvre ma fenêtre et je fais face à un camaïeu. Je n'ai pas vu passer le Printemps, il n'y a plus de fleurs et ils sont tous là. L'absinthe, l'amande, le céladon, le jaunâtre, le pistache, le pomme, le tilleul, le bouteille, l'épinard, le jade, le pétrole, le sapin même le caca d'oie ! Je les hais parce qu'ils m'étouffent de leur présence, de leur profusion et de leurs espérances. Je referme ma fenêtre.

J'ai fini par récupérer Raphaëlle, et Maureen est partie rejoindre un amoureux. Ulysse n'est pas revenu, et Augustin est allé au-devant de nouvelles aventures, quelque part entre ici et ailleurs. Chacun vit sa vie et c'est un fait, je suis seule. J'ai failli croire que... quelle aberration ! La rémission, le retour d'Ulysse... Les choses auraient pu se fixer une bonne fois pour toutes, encore une fois... les choses ont failli être... non juste faillir avant de défaillir. J'oscille entre stupéfaction et agacement. Que faire ? Tout casser ? M'enfouir ? M'enfuir ? Panique hystérique ? Le mal de mer me gagne ; entre haut-le-cœur et vague à l'âme, je suis la somnambule au bord du précipice.

Le Destin est un rendez-vous manqué avec le Hasard.

Et pourtant. Il y a cette phrase. Laissant une promesse s'évanouir dans l'oubli, une phrase en suspens flotte dans l'air entre lui et moi. Les pensées et les souvenirs me saisissent. « Un 31 décembre en pleine rue... la mère de mes enfants ». N'était-ce pas prémonitoire ? N'était-il pas le père de ma petite Raphaëlle ?

Et je me souviens de maman me parlant de Shackleton, son héros, et de sa détermination à vivre en homme libre. Vouloir et croire. Peu importe la réussite ou l'échec, il faut vouloir et croire.

Je passe de longues heures à revoir les documentaires sur son exploit que je connais déjà par cœur, comme on peut connaître une tirade de Cyrano. Et, je m'arrête sur cette phrase de Shackleton lorsqu'il vit l'Endurance, son navire, au loin s'engloutir dans les glaces en mer de Weddell « À l'horizon lointain, la Terre se silhouettait encore par beau temps mais hors de notre atteinte, et vains étaient maintenant les regrets du paradis perdu. » ; alors j'accepte.

Et lorsqu'ils débarquèrent sur l'île de l'Éléphant après s'être fait malmener des jours durant sur des barques de fortune par les quarantièmes rugissants, cinquantièmes hurlants et soixantièmes mugissants de l'océan Pacifique, Shackleton déclara « La princesse des contes de fées qui ne pouvait pas supporter la présence d'un petit pois sous une pile de sept matelas n'aurait pas compris mon plaisir à sentir sous moi la rugosité des pierres » ; alors je relativise.

Pour certains, cela serait l'apologie de l'échec, moi, j'y vois un héros qui, toute sa vie, a échoué, n'a jamais mené à terme ses projets, mais a tenté envers et contre tous, et a survécu aux conditions les plus extrêmes sans jamais perdre un homme dans des expéditions incertaines. C'était un homme déterminé qui ne laissait son bonheur entre les mains de personne.

Et j'écoute en boucle *El Desierto* de Lhasa De Sela avant que ses trois albums deviennent mes indispensables. C'est alors qu'un beau matin, au tréfonds du fond, je me lève et puis rien. Je ne ressens rien. Ni tristesse ni joie. J'avais failli céder à une blessure d'amour-propre, plutôt qu'à une peine de cœur et je décide de tout plaquer. Non, d'ailleurs, de ne rien plaquer mais de tout recommencer ; de tout recommencer par le commencement. J'avais cru que je ne pourrais être heureuse que grâce à l'autre ; j'avais abandonné mon bonheur aux dépens de l'autre devenant tributaire de l'Amour qu'il me porterait. Céder tant de pouvoir à autrui, quelle folie ! Encore une fois, j'avais tort.

Dans un élan, poussée par le souffle d'un vent frais sous un Soleil radieux comme seuls connaissent habituellement les bords de mer, je sors me balader pour assouvir le besoin impérieux de me faire chahuter. Les bourrasques me font pleurer les yeux, revigorent les pores de ma peau, s'engouffrent dans ma chevelure, émoustillent mes racines et m'offrent un *brushing* que jalouserait Sinatra sous son chapeau ; et, sans ironie, je sais n'avoir jamais été aussi bien coiffée. Espiègles, les mèches s'envolent, s'agitent, se croisent, se courbent avec souplesse et me retombent au bord des yeux et aux coins des lèvres ; elles se donnent à cœur joie en danses frénétiques et galipettes acrobatiques, se gorgent d'une lumière éblouissante, scintillent et se régénèrent du cuir chevelu jusqu'aux pointes. Je sens que mes cheveux se réjouissent de tant de fraîcheur et de chaleur et qu'ils s'adoucissent à vue d'œil. Je me sens légère et vivante. Arrivée face à rien, je ne peux m'empêcher de crier ma joie *« Tengo el pelo libre ! »*

Et sans prévenir, c'est le soulagement. D'où vient-il ? Aucune idée. Si, je sais. C'est la vérité, enfin. C'est le sort scellé ; attendre avait été une perte de temps, j'étais déterminée à présent à le prendre.

J'avais toujours cru mais j'avais oublié ce que je voulais. Et mes nuits se remplissent de rêves. Je rêve comme jamais. Je rêve des premiers jours d'école de ma fille, de ses premiers émois ; de la belle terrasse plein ouest que je souhaitais faire depuis que je m'étais installée dans cette maison et que j'avais abandonnée ; de quelques chèvres dans le pré, d'une jolie robe d'Été. Des rêves sans prétention mais ils sont miens.

Alors, je profite du temps et je cultive mon jardin comme dirait l'autre. Mais pas seulement. J'ai des chèvres aussi. Sans même me demander pourquoi, par un drôle de hasard, alors que je déambule dans la montagne, je me retrouve avec un couple de chèvres et ses deux chevreaux qu'un fermier allait séparer pour vendre les petits et manger les parents. Peu à peu, sans même le réaliser, je reprends le fil de ma vie ; et je profite de ma petite fille qui grandit.

Pauvre vie passionnée de coquelicot
Entouré de ses congénères, bien qu'amicaux

Les Fées du Hasard

Connaît les effluves mais s'afflige
De n'être qu'un prisonnier sur sa tige.

Ils se fourvoient, le posséder est un prestige
Admirent avec ferveur l'éclat de sa passion,
Se bernent d'illusion et préfèrent ne pas voir,
D'ignorer qu'il s'épanouit sur des vestiges.

Ses pétales fragiles flottent au vent du chagrin
La pensée noire de son cœur fait craindre un dessein,
L'amour et la mort sont l'essence de son sort
Peur de l'exil, osera-t-il prendre son essor ?

Plutôt que flotter dans les airs, il veut voler
Plutôt que planter dans le sol, se libérer
Elle est sa volonté, même si téméraire
Enfin d'aller visiter la stratosphère.

Sa corolle arrachée plane au vent violent
Son corps maigrichon n'a plus rien d'affriolant
L'éphémère prend son envol au chant du matin
Qui l'emporte au loin dans les vents du Destin.

Quel délice de virevolter de fleur en fleur
Par-delà les mers, dans le ciel il va sans peur
Laisse à terre ses regrets et ses larmes
Se délecte de sa légèreté, déploie ses charmes.

Plutôt qu'attendre en vain pour qui saura le vouloir
Nul besoin d'une saison pour qui osera le croire,
Plutôt que d'attendre de faner, patiemment
Il préfère vivre quelques tourments, pleinement.

Anaïs — L'Envol du Coquelicot Passion en un Délicat Papillon

Risquer la fin pour enfin trouver sa déesse
Affronter l'oubli et la délicatesse
Toujours éphémère il brave l'exaltation
Seul importe l'envie de vivre sa vie de papillon.

Épilogue – … À l'Éveil aux Merveilles du Soleil

Pendant quelques semaines, je m'autorise un certain flottement avant de revenir aux essentiels. Un pas après l'autre, pour Raphaëlle et pour moi, j'établis des rituels qui rythment nos journées. Je commence par me lever véritablement tôt, vers cinq heures, pour m'occuper de ma petite famille de chèvres ; leur donner à manger, à boire, les sortir, et nettoyer leur enclos. Puis, je prends mon café sous un Soleil levant où je m'octroie une bonne heure à apprécier le temps qui passe, l'éclosion des fleurs et le chant des oiseaux, avant d'aller réveiller Raphaëlle. Et là, c'est elle qui rythme ma journée jusqu'à ce que je l'emmène à la crèche, ce qui me permet de consacrer l'après-midi à satisfaire les commandes dans mon atelier. Plus je m'organise, plus je me lève tôt et plus mes journées se remplissent. Je n'ai plus une minute à moi, et c'est très bien ainsi. Je suis occupée comme jamais.

Mais peu à peu, je passe de moins en moins de temps dans mon atelier et suis de plus en plus dehors auprès de mes chèvres. Et, si je laisse Raphaëlle à la crèche afin qu'elle se sociabilise comme ils disent, je la reprends dès que possible pour qu'elle profite avec moi de notre environnement, qu'elle apprenne à l'explorer, à reconnaître ce que l'on peut manger ou pas, à faire attention à la faune et à la flore, à savoir écouter et appréhender ; qu'elle grimpe, tombe et se relève. Depuis que je lui ai expliqué que si elle arrachait une feuille je lui arracherais un cheveu, elle n'a plus jamais tenté.

À passer tout ce temps en plein air, il devient très vite évident que la restauration de meubles est un plaisir du dimanche soir, quand m'activer auprès de mes chèvres est une passion chaque jour plus prenante. Je ne sais pas si j'en suis capable, je ne sais pas ce qu'il faut faire, au fond je ne sais rien, mais j'en ai envie. Et j'écoute mon envie. Alors sans trop savoir, l'idée d'avoir tout un troupeau de biquettes fait son chemin dans ma tête et, avant de me lancer, je commence à me renseigner. De la collecte d'information à la formation, il n'y a qu'un pas. Comme j'ai toujours cru, ma volonté peu à peu se dessine.

Et non seulement ça marche, mais de surcroît je m'épanouis. Un matin, je surprends mon reflet dans le miroir de l'entrée et j'ai une seconde d'hésitation à croire qu'il y a une inconnue chez moi ; et je prends quelques minutes à m'observer. J'ai le teint hâlé, les pommettes hautes, les yeux brillants et je souris à pleines dents. Sans même que je ne m'en rende compte, je suis radieuse ! Alors que Raphaëlle, à mes pieds, tire sur mon pantalon, je la saisis et lui dis « Eh bien, ma petite chérie ! Aurais-tu une maman heureuse ? » Et Raphaëlle rit de bon cœur tout en mettant ses deux mains sur mon visage avec quelques doigts dans ma bouche.

Avec Raphaëlle, notre vie est facile. Cette petite boule d'amour n'a de cesse de gazouiller et de crapahuter, les yeux grands ouverts, constamment détournés par quelques arrivées impromptues dans son champ de vision. C'est un ravissement et une satisfaction de chaque instant. Je la vois grandir à grande vitesse, toujours plus intrépide, avec une légère tendance à prendre la poudre d'escampette. Ses babillages, s'ils me sont souvent inconnus, sont de grandes conversations qu'elle partage avec ma chienne et Joséphine, la maman chèvre. Sous l'effet des rayons du Soleil, les brins d'herbe se redressent et les premiers fruits disent bonjour.

Puis me vient l'envie d'appeler ma sœur afin de profiter pleinement avec elle de la langueur délicieuse des premiers jours d'Été. Cela fait un bail que nous ne nous sommes pas vues, ainsi que papa à qui j'ai à peine rendu visite depuis que je suis venue m'installer. Nous parlons du bon vieux temps, de maman et nous profitons. Elle me parle de ses projets, je l'informe de mon actualité et nous clôturons le sujet Ulysse. Nous nous baladons, nous pique-niquons, nous nous baignons dans la rivière en nous régalant des cris de joie de ma petite fille qui n'aime rien plus que de se baigner. Chaque soir c'est barbecue dans le jardin à discuter autour de la table jusqu'à une heure avancée de la nuit. Et nous prenons l'habitude d'aller chaque jour prendre le café chez notre père, qui n'aime rien plus qu'être entouré de nous trois, saluant invariablement notre arrivée par « Ah, voilà mes petites chéries, la famille est réunie ! ». Il est si heureux de voir sa petite-fille et une belle complicité naît entre eux deux.

Il ne change pas. Maintenant à la retraite, il est toujours aussi actif, consacre son temps aux affaires de la commune, s'adonne à la randonnée qu'il a toujours aimé pratiquer avec maman, fait partie du club de bridge et s'est remis au piano, activité qu'il pratiquait en néophyte mais qu'il avait délaissée ; je crois que l'allégresse de la musique lui était devenue insupportable. Mais, un jour que Raphaëlle s'était postée devant le piano, son tapage anarchique poussa mon père à s'asseoir sur le tabouret, à installer sa petite-fille sur ses genoux, à lui montrer les noires et les blanches et lui faire une petite démonstration en lui jouant tout en chantant la chanson des Edelweiss. Au son de cette chanson, Thaïs et moi échangeâmes un regard complice et un sourire heureux. Depuis, chaque jour, à l'heure de la sieste, ma petite fille a droit à son petit concerto, couchée sur le pouf que papa a disposé à ses pieds et dans lequel elle se blottit pour le contempler avec admiration, avant d'invariablement s'endormir le pouce dans la bouche. Ce que papa ne manque pas de relever par un nostalgique mais chaleureux « tout comme sa maman ! »

Les retraités d'aujourd'hui ont la belle vie parce qu'ils ne boudent pas leur plaisir. Je retrouve mon père rieur et plein d'entrain. Et soudain la proximité qu'il y a entre lui et Raphaëlle me saute aux yeux ; davantage qu'à moi, c'est à lui qu'elle ressemble et je me réjouis plus que jamais d'être revenue vivre ici.

Comme nous ne nous refusons aucun plaisir, nous nous offrons une soirée entre sœurs « Chez Augustin » et à cette occasion je perçois combien mes dîners chimériques sont lointains. J'accepte ma vie telle qu'elle est, même seule, et cesse de chercher pour mieux profiter de ce que j'ai ; et je découvre le soulagement que c'est d'être soi. Je suis comblée, mais dans cette salle comble du restaurant que je connais si bien, je ressens comme un manque que je préfère ignorer pour le moment. Je suis heureuse par moi-même, je construis mon propre bonheur.

Ma sœur finit par s'en aller en promettant de revenir et les beaux jours s'étirent tranquillement jusqu'à l'Été indien, arrière-saison qui est de loin ma préférée. Bien trop souvent ignorée, elle a pourtant toutes les qualités. Le bleu azuré et le jaune safrané laissent place aux pourpres, ocres, indigos, ardoises, ambres, magentas, fuchsias et autres parmes ; la température est douce, les rayons rasent l'horizon et les fruits sucrés à souhait gorgés du Soleil d'Été sont à maturité et à portée de main dans les vergers et sur mon figuier.

En ce beau samedi, je suis dans le jardin avec Raphaëlle à mes pieds pour m'occuper des chèvres. Bonaparte, le papa chèvre, se comporte en véritable patriarche bougon et un peu vieillissant. Il veille sur sa famille l'air de rien et ne se fait jamais prier pour rabrouer un de ses petits déjà grands qui se montrerait un peu trop audacieux, impétueux ou impertinent. Les deux chevreaux, Eisen et Hower sont des mâles très joueurs, un poil bagarreurs. Alors que Joséphine manque à l'appel, je me retourne et la retrouve avec ma fille et ma chienne et j'assiste à une scène que je n'oublierai jamais. Raphaëlle, bras tendus, s'esclaffe et marche soutenue par Joséphine qui la tient délicatement par le dos de sa robe, tout en étant attirée par

Destinée qui recule au fur et à mesure pour l'inciter à avancer. Après quelques pas, Joséphine lâche la robe et ma fille fait ses un, deux, trois... pas et demi chaloupant mais toute seule, avant de tomber sur ses fesses en riant !

Destinée jappe, Joséphine trottine et toutes deux tournent autour de Raphaëlle qui bat des mains et clame « Core ! Core ! Core ! »

Elles sont à la fête. Stupéfaite par ce magnifique spectacle, je ne résiste plus de rester à l'écart. Je m'approche d'elles et prends ma fille radieuse dans mes bras.

— Bravo ma chérie ! Comme tu es grande ! Alors, tu t'amuses bien ?

Ma fille me montre du doigt ses complices.

— Jofine, Tinée !

Je la couvre de baisers et cajole Joséphine et Destinée qui ne sont pas peu fières.

Bonheur absolu.

Alors que le Soleil scintille haut dans le ciel et que la chaleur nous accable, je demande à Raphaëlle « Ça te dirait une bonne salade de féta tomate ? ». Comme à son habitude, elle est d'accord, son enthousiasme ne se tarit jamais. Je décide donc d'aller profiter de ce jour de marché pour aller faire quelques emplettes. Alors que je déambule jusqu'à l'étal des tomates, je tombe sur la maman d'Augustin, dont le souvenir me ravit.

— Bonjour ma petite Anaïs !

— Bonjour Madame !

— Et bien, tu ne m'appelles plus Yoko ! *Dear* ! Depuis le temps, quand même ! Je suis très contente de te voir. Comment vas-tu ? Tu es radieuse !

Je lui réponds par un large sourire un peu gêné. J'ai toujours du mal à retrouver la familiarité avec quelqu'un que je n'ai pas vu depuis plusieurs années. Mais cette femme est la douceur même.

— Très bien, merci. Et vous ?

— *Very well* ! Oh, mais dis-moi… Quel beau trésor tu as là ! Comme elle pousse bien cette petite ! Et ce sourire, c'est magnifique ! On la croquerait !

— Merci.

— On ne te voit pas beaucoup ces temps-ci, mais j'ai cru t'apercevoir l'autre jour avec une jeune femme. C'était ta sœur, *wasn't it* ?

— En effet, oui. Elle est venue passer quelques jours, on s'est régalées des grandes vacances. Depuis, je suis bien occupée à la maison…

— Je l'ai tout de suite reconnue. Elle ressemble tellement à votre mère ! Toi, ce serait plutôt ton père mais j'y vois ta mère aussi… dit-elle penchant la tête sur le côté et posant un regard plus attentif.

— Il paraît, oui, lui dis-je en répondant à son sourire bienveillant.

J'aime toujours évoquer maman, surtout avec ceux qui l'ont aimée et bien connue. En parler est la plus belle façon de garder les gens vivants.

— Je suis désolée, je ne vous ai pas vue… Mais il fallait venir nous saluer. Je suis sûre que Thaïs aurait été ravie.

— Oh, non je ne voulais pas vous déranger. Vous aviez l'air si bien toutes les trois. Et comment va ton père ?

— Papa se porte comme un charme ! Nous avons passé l'Été tous ensemble. Et vous ? Vous avez des nouvelles d'Augustin ?

— Oui, il m'a envoyé une carte postale. C'est le format idéal pour le grand bavard qu'il est ! Ça a l'air de bien se passer… Toujours très enthousiaste, comme à son habitude.

— Comme vous !

— C'est vrai ! Mais discret comme son père ! Il ne t'a pas appelée ?

— Oh non. On ne se voit pas tant que ça, vous savez…

— Ah bon ? Quel dommage !

— Comment ça ?

— Et bien, Augustin et toi, vous vous entendiez si bien étant petits ! Tu étais toujours fourrée à la maison… Tu ne te souviens pas ?

— Oh si, mais c'était il y a si longtemps, et nous n'étions que des enfants.

— Allez, viens ! Tu as bien le temps d'un petit café ? Je t'invite, ça me fait tellement plaisir… et ça me rappellera ceux que je buvais avec ta mère.

— J'ai tout mon temps !

— Très bien.

Alors que nous nous installons à une terrasse mi-ombre mi-Soleil, Raphaëlle s'endort dans sa poussette.

— Vous vous connaissiez bien avec maman ?

— Comment ça ? Tu ne te souviens pas ?

— Je sais pas…

— Bien sûr que l'on se connaissait ! Il aurait été difficile de faire autrement avec vous deux ! À vrai dire, au départ, c'était à cause de vous deux, et puis après, des liens se sont tissés et une profonde affection nous a unies. Et nous partagions une même passion pour un même homme, Shackleton. Ça tombait bien parce que nos maris n'en pouvaient plus de notre admiration ! Tu as dû en entendre parler ?

— Oh que oui !

Décidément, cet homme fait irruption dans ma vie par deux fois en peu de temps !

— *Once*, j'étais venue pour récupérer Augustin qui était chez vous et elle devait aller à l'hôpital pour une séance de chimio. Elle ne voulait pas déranger ton père, alors elle m'a demandé de l'accompagner. C'était juste un concours de circonstances, surtout parce que j'étais là, on ne se connaissait pas encore très bien. *Sometimes*, un inconnu c'est plus confortable… J'ai bien sûr accepté. Ce jour-là a été très douloureux pour ta mère alors je lui parlais sans cesse, elle voulait entendre une voix à quoi s'accrocher comme un fil entre son corps et la vie… Une assurance qu'elle était toujours parmi nous. Alors je lui racontai ma vie, comment j'avais rencontré mon mari, et Shackleton. Elle m'a dit « Oh, vous aussi vous connaissez Shackleton ? » « *Of course* ! C'est même lui qui m'a trouvé mon mari ! » lui dis-je. Comme tu le sais peut-être, c'est un explorateur britannique né à Kilkea en Irlande. Dans mon enfance, j'étais tombée par hasard sur un livre évoquant son périple en Antarctique et dont j'avais usé les pages jusqu'à ce qu'elles ne ressemblent plus à rien. Aujourd'hui, il est enfermé dans un tiroir comme une relique ! Alors, lorsque j'en ai eu l'occasion, je suis allée dans ce petit village d'Irlande sur les traces de mon héros. Et tu ne devines pas ?

— Non…

— Pour héros, j'ai rencontré le mien, en personne ! C'est là-bas que j'ai rencontré mon mari, le père d'Augustin. Figure-toi qu'il est né dans ce village et aujourd'hui, nous avons un chat que j'ai appelé Shackleton. D'ailleurs c'est une femelle maintenant que j'y pense ! *Anyway*… Tu vois ce brave Shackleton, il est déterminé et il *believe*. Rien n'aurait pu ébranler son optimisme. C'est par *small steps* que *big things happen*. Il connaissait le secret du bonheur. L'optimisme est l'outil du bonheur pour celui qui est déterminé à suivre le chemin qu'il s'est choisi. Plutôt qu'être et avoir, vouloir et croire. Tu comprends ? Il faut vouloir et croire. *That's all.* Quels qu'en soient l'échec ou la réussite. Et tu vois, c'est grâce à Shackleton que j'ai rencontré *my love* ! Il était si beau ! Alors je racontai à ta mère l'Irlande, les Irlandais et la mer. Et comme je lui parlais de la mer que j'aime tant, elle me dit ne l'avoir jamais vue. Je n'en revenais pas ! Alors j'ai appelé nos maris pour qu'ils s'occupent de vous et nous sommes parties deux jours.

— Comme ça ?

— Oui, comme ça. Que fallait-il de plus ? Elle était folle amoureuse de ton père et réciproquement, et je crois pouvoir dire qu'ils étaient plutôt casaniers et c'est très bien car c'était leur choix. Elle n'avait jamais vu la mer et cela n'avait aucune importance jusqu'à ce qu'elle en ressente l'envie. Tu comprends. L'envie d'aller à la mer nous ayant saisies, nous y sommes allées. C'est ça la liberté. Ça ne veut pas dire faire tout et n'importe quoi. Cela veut dire que rien n'est impossible ; quand tu veux, tu peux. C'est ce qu'elle voulait pour ta sœur et toi. Elle tenait beaucoup à ce que vous soyez libres. Elle m'en a parlé sur tout le trajet à l'aller. Elle voulait que vous puissiez être exactement ce que vous étiez, sans jamais vous mettre de barrière, sans jamais chercher à être une autre personne, surtout ne pas se changer pour correspondre au regard de l'autre, voilà l'erreur à ne pas commettre… dit-elle de celle qui saurait. Ton père a réussi à vous l'enseigner, à ce que je vois…

— Je ne sais pas. Je me suis pas mal perdue en chemin…

— C'est normal. Souviens-toi. Peu importe l'échec, l'important est de toujours tenter. Il faut se perdre pour se trouver. *So simple* !

Et je ris à son enthousiasme. À écouter son histoire, je comprends mieux d'où Augustin tient son optimisme et son indépendance d'esprit. Lui aussi a cette facilité à faire, ou plutôt cette volonté à faire, lui aussi ne s'encombre pas et agit selon son cœur. S'affranchir des autres offre une telle force !

— Tu sais, il ne faut pas négliger les sentiments de l'enfance ; ils sont très puissants. C'est là que tout se construit. Tu étais déjà très audacieuse à l'époque, bien plus qu'Augustin, tu savais exactement ce que tu voulais, même si depuis tu as l'impression de l'avoir oublié… Vous étiez inséparables ! Je me souviens qu'au début, vous étiez en première ou deuxième année de maternelle, tu étais déjà propre et tu voulais absolument lui apprendre. Au début, il était extrêmement gêné et te repoussait sans cesse, il venait me dire « elle fait rien que de m'embêter ! » mais tu étais persévérante et tu revenais plus déterminée que jamais. Et après quelques jours, c'est lui qui est venu à toi, fier de te dire qu'il « avait fait popo dans le pot » ! Il était si fier ! Les enfants sont vraiment des petits êtres décomplexés ! s'exclame-t-elle et je me joins à son hilarité.

» Après ça, vous ne vous êtes plus jamais quittés ! Et lorsque vous dormiez l'un chez l'autre, vous finissiez toujours dans le même lit. Maugustin ceci, Maugustin cela ! Et lui Manaïs ceci, Manaïs cela ! Si Augustin m'entendait parler de la sorte, il me ferait les gros yeux ! Qu'il est pudique, celui-là ! Tout comme son père ! Tu sais, si on trouve toujours que les enfants grandissent si vite, c'est parce qu'avec eux le temps s'accélère. Et avec vous, il filait à toute allure ! Il fallait vous suivre…

— C'est fou, j'avais complètement oublié !

— Oh, eh bien, pas nous… Mais c'est probablement à cause de la tragédie que vous avez dû surmonter par la suite. Le chagrin a la fâcheuse tendance à envahir et à camoufler tout le reste. Lorsque ta maman est décédée, tu étais si triste. Tu ne pleurais pas mais tu ne mangeais pas non plus. Alors, Augustin me réclamait toujours une part en plus de notre repas et il te l'apportait. Je l'accompagnais et je l'ai vu te préparer une assiette et te dire en te caressant les cheveux « un jour j'ouvrirai un restaurant et je te ferai plein de bons petits plats, tu verras ». Tu n'acceptais de manger que comme ça, il n'y avait qu'Augustin qui pouvait t'approcher.

— Vous voulez dire que…

— « Du pain au vin d'Augustin »… Oui, ça vient de là… Augustin ne fait les choses que par passion. C'est un rêveur. Il n'y a que les rêveurs qui réalisent leurs rêves. Mais ne te méprends pas, ce restaurant tu le lui as inspiré, c'est indéniable, mais c'est son rêve à part entière. Il adore cuisiner, chercher de nouvelles recettes, mélanger les ingrédients ; transformer. Ce sont ses tours de magie. Cette initiation culinaire, c'est une aubaine pour lui. Tu sais, c'est une question d'endurance… Vouloir une fois et croire toute sa vie. C'est cela le secret.

— Vouloir une fois et croire toute sa vie…, répétai-je songeuse.

L'évidence me frappe enfin : j'avais cru toute ma vie, mais j'avais oublié ce que je voulais.

Et je vois les tableaux noirs qu'il a éparpillés un peu partout dans son restaurant, avec des inscriptions écrites à la main, et deux citations me reviennent en tête :

« Apprendre à cuisiner c'est d'abord se souvenir. On ne réinvente pas la cuisine, on la retrouve. » Roger Vergé

« On apprend la cuisine avec celle des autres. À un moment donné, on fait la sienne. » Jean-François Piège.

— Tu ne peux pas avoir oublié ?

— Si, je crois bien que si. Mais, je m'en souviens maintenant, c'était enfoui… si loin, quelque part !

— Vous étiez incroyables ! Vous avez fait notre bonheur avec tes parents. Nous avons passé beaucoup de temps ensemble à cause, ou plutôt, grâce à vous ! Si on cherchait l'un, il suffisait de trouver l'autre. Vous nous avez fait beaucoup rire ! Quand vous êtes partis, il a eu le cœur brisé…

— C'est vrai ? Je ne savais pas…

— C'est normal. Comment le saurais-tu ? Toi, ta vie a été emportée par le vent mais pour lui, rien n'avait changé alors que tout était différent… tu n'étais plus là. Jusque-là, toutes ses journées tournaient autour de toi, surtout après le décès de ta mère, tu étais son centre d'intérêt, sa préoccupation. Je trouvais cela plutôt inquiétant d'ailleurs. Je voulais qu'il pense un peu plus à lui, qu'il se fasse d'autres camarades. Mais, j'ai bien vu qu'il y a des choses qui ne se combattent pas, il faut laisser le temps faire son œuvre. Et il a grandi. Et il est resté cette personne réservée et solitaire. Je dois bien avouer que vous aviez tout compris à l'amour ; déjà à l'époque vous partagiez des projets avec l'envie de prendre soin de l'autre tout en gardant vos différences. Vous vous disputiez parce que vous communiquiez, vous vous réconciliez parce que vous vous écoutiez… L'un ne laissait jamais l'autre en arrière, l'un aimait les pâtes l'autre le riz, l'un demandait toujours l'opinion de l'autre et vous vous chamailliez sans jamais vous étouffer. On n'avait jamais à s'en mêler car vous trouviez toujours votre équilibre. C'était assez impressionnant à voir. Un jour il est revenu et il m'a dit « Maman, il faut qu'on parle » ! « Oui, mon chéri ? » Et il me parla de toi et de vos projets. Je lui ai demandé « Alors, c'est ton amoureuse ? » « Oui, maman » j'étais si intriguée que je lui demandai pourquoi. Il m'a répondu tout naturellement « Parce qu'elle a les plus beaux défauts de la Terre ! C'est une tête de mule, elle est lunatique et grognon ; la faire changer d'avis, comprendre son humeur et la faire sourire par surprise est mon plus grand plaisir ! » Ah ça c'est sûr, il a du sang de Shackleton dans les veines !

— Mais je suis revenue depuis…

— Oui, *Neko-chan*[2], mais avec ton sac de larmes et ce petit amour…

Raphaëlle, sentant qu'on parle d'elle, ouvre un œil et gazouille.

— Mais vous pensez que… qu'il est… Toujours ?

— Il serait furieux que je parle de lui ainsi mais ce que je sais, c'est qu'il n'a jamais oublié et lorsque tu es revenue, j'ai revu dans ses yeux la joie, l'étincelle de son enfance. Mais, tu sais, Augustin est quelqu'un de discret et d'intuitif… Je pense qu'il a senti que tu n'étais pas prête.

— Juste avant qu'il ne parte, je suis allée dîner chez lui et il m'a invitée à cette soirée… l'Hiver dernier.

---

[2] « Mon petit chat » en japonais.

— Et…

— Je n'y suis pas allée.

— Ah, ma chérie ! Ma petite chérie, je t'aime beaucoup, tu le sais, mais parfois tu as tout d'une tête de linotte ! Le temps ne se bouscule pas mais il y a un moment où il faut savoir le saisir… D'ailleurs, si je t'invite avec ta puce, sauras-tu saisir et accepter ?

— Avec grand plaisir !

Et nous nous quittons en nous promettant de nous revoir très bientôt. Ce qui ne manquera pas d'arriver.

Quelques jours après, alors que Raphaëlle est dans son lit les yeux grands ouverts, je la cajole ma tête dans son corps, je dépose un baiser sur ses doigts et la vois. Délicatement, je la lui prends des mains. Elle avait dû la trouver en crapahutant à travers la maison. La pierre. Je l'avais oubliée. Alors que dans le berceau de ma fille elle est d'un bleu intense, entre mes mains, celle-ci prend des teintes rouge tendre. Je regarde ma petite Raphaëlle qui me sourit de toutes ses gencives et quelques quenottes. Poussant des petits sons, je me penche pour l'embrasser, elle lève les pieds vers moi, je les saisis et je les mange en les massant. Je repose la pierre à ses pieds et celle-ci instantanément se recolore en bleu.

Lorsque je n'étais encore qu'une enfant et que nous avions quitté ici, j'avais eu le cœur lourd. Nous avions quitté maman et le vide pesait. Je pensais que c'était maman la cause de tous mes pleurs alors qu'en réalité, et je n'en prends conscience que maintenant, la cause de mon chagrin était Augustin. Celui qui me manquait, c'était Augustin. Celui à qui je pensais alors que la voiture nous emmenait au loin, c'était Augustin. Ces journées passées l'un à côté de l'autre sur les bancs de l'école, ces balades en n'allant nulle part nous tenant par la main, ces nuits passées à partager nos lits quand bien même chacun avait le sien, ces anniversaires fêtés rien que tous les deux, et parfois avec Maureen. Je n'aimais rien plus que me chamailler avec lui ; et sa présence à mes côtés quand j'en avais eu le plus besoin.

Et je me souviens de ce jour où il m'avait annoncé qu'il allait ouvrir un restaurant. Je lui avais dit « J'adore le chèvre ! Moi, je ferai du fromage de chèvre et toi tu le cuisineras » et il m'avait répondu « on fera du chèvre et on le cuisinera ». Nous nous étions disputés, ou plutôt j'avais râlé parce que je n'aime pas cuisiner. Et il avait cédé.

Nous étions incroyablement et simplement heureux. Et me voilà plusieurs années après avec mes quelques chèvres et un rêve qui patientait. Le rêve était là, latent. Lui n'avait pas failli ; et il y a cette salade de chèvre qu'il agrémente d'un filet de miel, comme je l'aime et le lui avais demandé. Il l'a même appelée « la biquette Anaïs » ce qui m'avait fait beaucoup rire sans jamais faire le lien. C'était là, sous mes yeux…

Yoko a raison, comment avais-je pu oublier ? Le deuil de maman avait étouffé tout le reste, mais les souvenirs ne se sont pas effacés et reviennent à la surface, puissants de volonté. Durant toutes ces années, j'avais somnolé ne trouvant goût à rien, car c'était lui le sel de ma vie. Je n'ai qu'une hâte, le retrouver et le lui dire.

Nombre de fois, je meurs ; nombre de fois, je nais.
Ainsi va le bonheur.
Vouloir une fois, et croire toute sa vie ; c'est en aimant que l'on naît vivant.

Il faut que je me prépare, je ne sais pas par où commencer, je ne sais pas quand mais il va bientôt rentrer. Mon cœur bat, incroyable ! Depuis plusieurs jours, je suis comme une pile électrique et aujourd'hui est un jeudi ; un jeudi comme jamais, un jeudi comme nul autre. Destinée me regarde, perplexe, m'affairer à rien, prendre un bibelot, le reposer et n'y tenant plus il faut que je sorte. J'ouvre la porte et en face de moi apparaît Augustin, élégant comme à son habitude, resplendissant. Je ne l'ai pas revu et nous n'avons pas échangé depuis la dernière fois au restaurant, mais dans ses yeux tout a changé. Ou plutôt dans les miens. Je vois enfin. Je vois l'homme fort qu'il a toujours été. Je revois les enfants complices que nous avons été. Je sens l'intimité qui nous rapproche. Je perçois les petits vieux que nous serons ensemble. Je sais l'amour qui nous unit.

Je veux le serrer dans mes bras, je veux son nez dans mes cheveux, mes lèvres dans son cou, et je me retiens. Il faut que je lui dise. Il faut que je lui dise que je suis désolée de l'avoir oublié. Il faut que je lui dise que loin de lui je me suis perdue pendant toutes ces années. Il faut que je lui dise que je sais. Je sais que c'est lui que je cherchais, que c'est lui que j'attendais, que c'est lui que je suis venue trouver en revenant m'installer ici. Que j'avais eu besoin de temps pour me connaître, pour savoir ce que je voulais, pour me souvenir. Et, alors que je pense à tout cela, il me sourit les yeux rieurs et malicieux, hoche la tête, il m'entend penser. Et nous éclatons de rire, nos regards ancrés l'un dans l'autre. Il a la beauté de l'être aimé.

— Bonjour Anaïs. Ça fait longtemps…
— Bonjour Augustin ! Trop longtemps !

Il me tend des fleurs mais plutôt qu'un bouquet c'est un pot dans lequel je découvre sur une même branche deux magnifiques Edelweiss.

Si froide, si blanche, si pâle elle s'ennuie.
Se contente de ses nuits noires sous la couette
Elle qui se berce, la somnolence la guette
À quoi bon le jour, elle préfère la nuit.

Les Fées du Hasard

Ils se font face, immobiles, feignant l'indifférence
Tandis que l'univers valse, les invite à la danse
Lune timide se cache avec prudence
Quand Lui, confiant, réduit les distances.

De faire l'objet de conquêtes, elle s'étonne
Elle si seule, se désole qu'ils la cantonnent
Aux marées, à jamais mal-aimée, en fera-t-elle des héros ?
Elle n'est rien d'autre que la Terre des Pierrots.

L'Autre est si bleue, la nargue-t-elle ?
Un brin jalouse, l'Autre est si belle !
Depuis si longtemps lui pèse son cœur de pierre
Comment imaginer qu'elle puisse Lui plaire ?

Lui si fort exulte en aubes et aurores boréales
Réchauffe le monde, fait pousser les céréales
Chacun croit qu'il n'est là que pour lui
Quand, en réalité, la voir sourire est sa seule envie.

Elle qui sait si bien faire rêver, offrir du miel et le paradis
Son sourire se mérite, souvent craintive parfois hardie
Un simple croissant suffit à son plaisir
Ainsi la voit-il ; elle est le centre de tous ses désirs.

Un peu plus chaque jour Il combat sa pénombre
Réduit ses ombres, tente d'éclairer ses nuits si sombres
Quelques galipettes, une explosion de feu
Un sourire timide se dessine dans les cieux.

Tout tourne autour de Lui
Tous se tournent vers Elle ;

Épilogue – ... À l'Éveil aux Merveilles du Soleil

Celle qui capturera son cœur d'Edelweiss
Acceptera-t-Elle d'être sa déesse, son hôtesse ?

La patience de l'imprévu, la persistance de l'aléa
Le cas fortuit force le vent et son insouciance
Déjoue le temps, écourte son errance
Et fait de Lui son lauréat.

Il exulte, Elle fait la ronde dans la nuit
Sa bien-aimée sera la mère de ses petits.
De sa vie lunaire à son amour solaire, inouïe
Ils donneront la vie à toute une galaxie.

À eux deux ils planteront des lumières
De leur amour naîtront tous les astres de l'univers
Ils seront fougueux, rêveurs, joyeux, auront l'envergure
de leur père
Seront résistants, intenses, persévérants, auront l'éclat de
leur mère.

Au jeu du Hasard et des petites fées
En son temps parlera la Destinée
Enfin réunis ; une ode à la Vie
Enfin pour toujours ; un hymne à l'Amour.

Remerciements

Une pensée pour feu le professeur Patrick Courbe qui m'apprit bien plus que je ne le crus…

Un grand merci à Mimine et GuillaumeB pour leur écoute patentée et impliquée, à Sev et Aude C pour leur regard point tatillon mais pointilleux, et à JoLBL pour ses conseils non pas évasifs mais toujours avisés.

Toute ma gratitude à A. pour sa lecture à la lettre, son temps et son enthousiasme.

Enfin, je remercie de tout mon cœur mes parents pour leur soutien indéfectible, leur endurance énergique et leur patience à me permettre d'être exactement ce que je suis.

Merci à vous, lecteur, pour votre curiosité !

Du même auteur
en autoédition

Mademoiselle Tout Le Monde

Mon mari et mon cadet s'approchent, sourire aux lèvres.
— Tu bayes aux corneilles ?
— Y a pas de corneilles.
Certes, il n'y a pas de corneilles, mais à sa décharge c'est un jardin fabuleux où il fait bon bâiller. Ils m'extirpent de mon passé dont je ressens encore la douleur. Et ils sont là. Tous les deux en face de moi, ils me sourient. Je leur souris. Ils ont la beauté de leur bonté. Et ils repartent, me laissant seule toute à ma réflexion.

Je m'appelle Lorraine et aujourd'hui c'est mon anniversaire. Je me présente à vous et j'ai peur.

« La vie d'une jeune femme, idéaliste, déprimée, qui a déjà vécu des moments malheureux mais qui espère malgré tout trouver le bonheur dans l'amitié et la vie de couple. Écriture dense, enlevée qui nous tient en haleine jusqu'à l'épilogue inattendu. »
Par Cavedon, lulu.com le 11 nov. 2014

Petits caractères / ISBN 9782954985008 / 140 pages / 16,30 euros
Gros caractères / ISBN 9782954985022 / 276 pages / 17 euros